포우 단편선

포우 단편선

에드거 앨런 포우 지음 | 배원석 옮김 | 성혜영 그림

책만드는집

차례

T h e   B l a c k
C a t

검은 고양이

검은 고양이

지금 여기에 써 내려가는 참으로 기괴하고도 단순한 이야기를 나는 다른 사람들이 믿어주리라 생각지도 않고, 또 그렇게 바라지도 않는다. 그렇다. 우선 내 눈과 귀가 받아들이지 못하는 이 사건을 다른 사람에게 간절히 믿어달라는 것 자체가 미친 짓일 것이다. 그러나 나는 정신이 이상한 것도 아니고, 꿈을 꾸고 있는 것도 아니다. 나는 이제 내일이면 이 세상 사람이 아니다. 그러니 적어도 오늘만큼은 이 무거운 마음의 짐을 내려놓고 싶은 것이다. 나는 그저 집안에서 일어난 일련의 사건을 있는 그대로 솔직하게, 아무런 이유도 달지 않고 세상 사람들 앞에 드러내 놓고 싶은 것이다.

이 사건은 나를 공포의 도가니로 몰아넣고 괴롭히다가, 결국은 나를 파멸시키고 말았다. 하지만 그 사건이 어떻게 일어나게 되었는지에 대해 구태여 설명할 생각은 없다. 나에게 있어서 그 사건은 몸서리쳐지는 공포, 오로지 공포 그 자체였지만 다른 사람들 눈에는 무섭다기보다 그저 황당무계한 사건에 지나지 않을 수도 있다. 그리고 그 중에는 나에게 있어 악몽 그 자체였던 것도 별것 아닌 흔한 사건이라며 웃어넘길 사람도 있을 것이다. 나 같은 사람보다 더 냉정하고 논리적이며 쉽게 흥분하지 않는 사람에게는, 지금 내가 떨리는 손끝으로 써 내려가는 이 사건에서도 극히 자연스러운 인과관계만을 더듬어갈 것이다.

어릴 적부터 나는 유독 정이 많고 유순한 성격이었다. 이런 여리고 착한 마음씨는 걸핏하면 친구들로부터 놀림거리가 되곤 했다. 특히 동물들을 좋아해서 부모님은 내가 원하는 대로 여러 종류의 애완동물들을 사주셨다. 아침에 눈을 뜨면서부터 잠자리에 들 때까지 나는 거의 하루 종일 동물들과 뒹굴면서 시간을 보냈고, 그들을 안아주거나 먹이를 줄 때가 나에게는 가장 행복한 순간이었다. 이리한 성향은 나이가 들면서 더욱 강해지고, 어른이 되어서도 가장 큰 즐거움이라면 바로 애완동물들과 함께 있는 것이었다.

만약 한번이라도 영리하고 충실한 개를 키워본 적이 있는 사람에게라면, 이러한 즐거움이 어떤 것인지, 얼마나 깊은 것인지 설명할 필요는 없으리라. 인간들의 치사한 우정이나 얄팍한 신뢰에 몇 번인가 고배를 마신 경험이 있는 사람들은 동물들의 그 순수하고 사심 없는 충성심에서 뼈에 사무치는 무언가를 느끼리라.

나는 젊은 나이에 결혼을 했다. 다행히 아내 역시 대체로 나와 취향이 맞는 여자였다. 내가 동물을 좋아하는 걸 알아차리고는 여러 가지 귀여운 동물들을 사들였다. 작은 새와 금붕어, 강아지, 토끼, 원숭이 새끼, 그리고 또 고양이도 한 마리 들여왔다.

여기에서 마지막에 언급한 고양이, 이 고양이는 상당히 몸집이 크고 새까만, 그리고 무척 영리한 고양이였다. 적지 않게 미신을 믿던 아내는 종종 이 고양이의 영리함을 입에 올리며, 옛날부터 검은 고양이는 모두 마녀의 화신이라는 둥, 항간의 속설까지 끄집어내며 이야기했다. 하지만 그렇다고 해서 아내가 정말로 진지하게 생각하고 있었던 것은 아니다. 지금 내가 이 말을 하는 것도 문득 떠올라서 하는 말일 뿐 별 다른 의미는 없다.

플루토(로마 신화에 나오는 지옥의 왕), 이것이 고양이의 이름이었다. 플루토는 나의 사랑스런 놀이 친구이기도 했다.

먹이를 주는 건 으레 내 당번이었고, 고양이도 내가 가는 곳이라면 어디든지 졸졸 따라다녔다. 한번은 길거리까지 따라나오는 것을 간신히 쫓아보내느라 몹시 애를 먹기도 했다.

이런 식으로 우리들의 우정은 수년간 지속되었는데, 그 동안에(고백하기에 부끄러운 얘기지만) 나의 성격은 그 술이라는 악마 때문에 완전히 타락해 버린 것이다. 하루하루 나는 더욱 난폭해지고 사소한 일에도 화를 잘 내고, 다른 사람의 기분 따윈 아랑곳하지 않게 되었다. 아내한테까지도 폭언을 일삼고 결국에는 손찌검까지 하게 되었다. 물론 이 변화된 성격이 즉시 동물들에게까지 영향을 미친 것은 말할 나위도 없다. 나는 그것들을 괴롭히는 도를 넘어서 학대를 가하기 시작했다. 하지만 플루토에게만은 아직 자제심이 약간 남아 있었다고나 할까. 학대라고 할 정도의 행동은 하지 않았다. 반면 다른 토끼나 원숭이, 강아지한테는 내 앞에 나타나기만 하면 인정사정없이 학대를 했다. 그러나 나의 고질병―아아, 술만큼 무서운 병이 또 있을까―은 점점 더 심해지고, 마침내 플루토까지도 내 발작의 희생양이 되고 만 것이다.

어느 날 밤, 여느 때처럼 술을 퍼마시고 고주망태가 되어 집으로 돌아오니, 왠지 플루토가 슬금슬금 나를 피하는 눈치였다. 나는 휙 하니 그 놈을 잡아 올렸는데, 플루토는 주먹이라도 날아올까 무서웠는지 내 손목에 살짝 이빨 자국을 냈다. 순간 나는 눈이 뒤집어지면서 부글부글 화가 치밀어올랐다. 눈앞에는 아무것도 보이지 않았다. 순식간에 내 영혼은 몸밖으로 빠져나가고 독한 술기운에 자극 당한 시커먼 증오심이 온몸을 뒤흔들었다. 나는 조끼 주머니에서 주머니칼을 꺼내서는 고양이의 목덜미를 움켜잡고, 한쪽 눈을 깊이 도려냈다. 플루토는 처절한 비명을 질렀다. 입에 담기도 끔직한 그 흉악함, 지금 이 글을 쓰면서도 펜 끝이 떨리고 얼굴이 화끈 달아오른다.

다음날 아침, 한숨 자고 일어나니 전날 밤의 어지러운 술기운이 사라지고 제정신이 들면서, 동시에 내가 저지른 무시무시한 행동에 온몸에 소름이 돋았다. 하지만 자책감도 잠시, 결국 그것은 흐리멍덩한 감정에 지나지 않았고 마음은 여전히 그대로였다. 나는 다시 방탕한 생활로 돌아갔으며 얼마 안 가 이 사건에 대한 기억도 폭음 속에 까맣게 잊히고 말았다.

그러는 동안에 고양이는 서서히 회복되어 갔다. 움푹 패인 한쪽 눈은 보기에도 소름끼치는 몰골이었지만 이제 상처의 아픔은 느끼지 않는 것 같았다. 예전처럼 집안을 돌아다니는 것도 여전했다. 하지만 내가 다가가려고 하면—당연한 일이긴 했지만—털을 곤두세우며 줄행랑을 치는 것이었다. 나에게도 조금은 온정이 남아 있었기에 전에 그렇게도 나를 따르던 동물이 이토록 나에게 진저리치는 걸 보고 처음에는 몹시 슬펐다.

그러나 그러한 감정은 머지않아 격한 분노로 바뀌고 급기야 악귀의 몰골로 탈바꿈하여 나에게 영원히 돌이킬 수 없는 최후의 파멸을 불러들인 것이다. 인간의 이 '악마성'에 대해서는 철학도 아직 이렇다 할 해명을 하지 못하고 있다. 그러나 이 악마성이야말로 인간 본성의 가장 원시적인 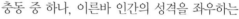충동 중 하나, 이른바 인간의 성격을 좌우하는 근원적인 능력 내지는 감정이라는 것은 살아 있는 이 나의 영혼과도 같이 명백한 사실이다. 해서는 안 된다는 단지 그 이유 하나만으로 사람들은 얼마나 많은 악행을 범하고 있는 것일까? 우리들은 뻔히 알면서도 최선의 판단을 거스르면서까지 법을 깨부수려 하는 묘한 경향이 있다. 그것은 어째서인가? 단지 그것이 법이란 것을 알기 때문이다. 그

런데 그 악귀와 같은 근성이 마침내 내 목숨을 앗아간 것이다. 즉 이 무고한 동물을 끊임없이 괴롭히다 못해 결국에는 죽음으로까지 몰고 간 것도 근본을 따진다면 이러한 자기 학대―스스로 자신의 본성을 모독하고, 단지 악을 위해서 악을 행한다는―불가사의하기 짝이 없는 영혼의 갈증에 지나지 않았던 것이다.

어느 날 아침, 나는 아주 멀쩡한 정신으로 이 고양이 목에 밧줄을 감고 나뭇가지에 매달았다. 두 눈엔 눈물이 흐르고 마음 한 구석은 슬픔으로 저며오면서도 그렇게 한 것이다. 어째서인가, 고양이가 나를 따른다는 걸 알고 있고, 학대할 이유가 눈곱만큼도 없다는 걸 인정하기 때문에 바로 그렇게 한 것이었다.―그것이 죄 중에서도―(이런 일이 가능하다면) 나의 이 불멸의 영혼을 위태롭게 하고, 지극히 어질고 지극히 준엄한 신의 한량없는 은총조차 이르지 못할 끝없는 지옥, 그 지옥으로 떨어뜨릴 무시무시한 죄인 것을 알고 있기에 바로 그 일을 저지르고 만 것이다.

잔인무도한 짓을 해치운 날 밤, 나는 「불이야!」 하는 비명 소리에 꿈에서 깨어났다. 내 침대 커튼에 불이 붙어 있었다. 집안은 온통 불바다였다. 아내와 하인과 나는 가까스로 불길 속에서 벗어날 수 있었다. 하지만 그것은 완전한 파멸이었다. 전재산은 순식간에 잿더미로 변하고, 이후 나는 절망의 늪에 빠질 수밖에 없었다.

나는 이 화재와 그 잔인한 행위, 양자 사이에 어떤 인과의 고리를 더듬을 만큼 어리석지 않다. 단지 나는 일련의 사실을 그대로 기술하고 있을 뿐이다. 그리고 혹여라고 할 만한 연관성이라도 있다면 모두 분명하게 밝히고 싶은 것이다.

불이 난 다음날, 나는 잿더미가 된 집터를 다시 찾아보았다. 벽은 한 곳만 남기고 모두 폭삭 무너져 있었다. 이상하게도 무너지지 않은 단 한 곳, 그곳은 집의 거의 중앙, 바로 내 침대의 머리판이 닿아 있었던 부분이었다. 그다지 두껍지도 않은 칸막이 벽이었는데 유독 그 부분만이 강한 화력에 견딘 것으로 보였다. 나는 '회반죽 칠을 한 지 얼마 안 돼서 그렇겠거니' 하고 생각했다. 그런데 벽 주위에는 구경꾼들이 벌 떼 같이 몰려 있었고, 그 중 몇 사람인가는 어느 한 부분을 특히 주의 깊게 살피고 있는 것 같았다.

「와, 신기하기도 하지!」, 「정말 묘한 일이네!」 하는 말들이 하나 둘씩 귓가를 울리자 나는 호기심이 발동했다. 다가가 보니, 새하얀 벽면에 마치 돋을새김이라도 한 듯 커다란 고양이 형상이 나타나 있는 게 아닌가. 누군가 예리한 칼로 조각이라도 한 듯 분노로 치켜뜬 눈까지 놀라울 만큼 정확하게 새겨져 있었다. 게다가 목 주위에는 밧줄의 흔적까지 뚜렷하게 남아 있었다.

처음 이 환영―나에게는 그렇게밖에 생각되지 않았다―을 보았을 때의 놀라움과 공포, 그것을 어찌 말로 표현할 수 있으랴. 하지만 이런저런 생각을 해보고 나서 나는 가까스로 마음이 가라앉았다. 생각해 보면 고양이를 매단 것은 바로 집 앞의 마당에서였다. 「불이야!」 하는 외침에 마당은 곧 구경꾼들로 가득 찼을 터, 그리고 아마 그들 중 한 사람이 고양이를 매단 밧줄을 잘라내고, 열린 창을 통해 내 방으로 던져 넣었을 것이다. 필시 잠든 나를 깨우려고 한 짓이었을 텐데, 마침 다른 벽이 모두 무너져내린 상태였기 때문에 나의 이 희생양은 칠한 지 얼마 안 된 그 회반죽에 박혀버린 것이다. 그리고 회반죽의 석회가 사체에서 나오는 암모니아와 불길의 작용에 의해 공교롭게도 지금 본 것 같은 고양이 상을 만들어낸 것이다.

이렇게 해서 나는 이 기괴한 사건에 대해, 찜찜한 감이 아주 없지는 않았지만 어쨌든 별 어려움 없이 합리적인 설명을 부여할 수 있었다. 하지만 그렇더라도 나의 뇌리에 박힌 깊은 인상엔 변함이 없었다. 몇 개월간 나는 이 고양이의 환영을 씻어낼 수가 없었고 다시금 내 마음엔 막연한 회한 같은 것이 솟구쳐 올랐다. 고양이가 없어져버린 걸 가슴 아파하면서(사실은 별로 그렇지도 않았으면서) 자주 드나들던 술집 등에서 일부러 같은 종류의 고양이, 거기다 털 모양까지 닮은 게 어디 없나 열심히 찾게 되었다.

어느 날 밤, 나는 한 허름한 주점에서 얼큰하게 술이 올라앉아 있었다. 휑한 방안에 가구라고는 달랑 술통 하나뿐이었는데, 그때 문득 그 커다란 술통 위에 묵직한 검은 물체 하나가 놓여 있는 것이 눈에 띄었다. 그런데 그 술통이라면 아까부터 내가 줄곧 쳐다보고 있었던 것인데 내가 왜여태 그걸 깨닫지 못했을까 놀라지 않을 수 없었다. 나는 가까이 다가가 그 물체를 건드려 보았다. 그것은 검은 고양이였다. ─섬뜩할 정도로 커다란 검은 고양이─플루토만한 고양이였는데 단 한 군데만 빼고는 플루토와 여러 모로 매우 흡사했다. 플루토에겐 신체 어느 부위에도 흰털이라곤 없었는데, 이 고양이는 가슴 언저리에 윤곽은 확실치 않지만 하얗고 큰 반점이 있었다.

손으로 만지자 고양이는 내 손길을 기다렸다는 듯이 내 손에 몸을 비벼댔다. 자기를 알아본 것이 꽤 기쁜 모양이었다. 이거야말로 애타게 찾아 헤매던 고양이였다. 나는 즉시

이 고양이를 사고 싶다고 주인에게 말했더니 주인은 자신이 키우는 고양이가 아니라며 처음 보는 고양이라고 말하는 것이었다.

나는 잠시 안고 쓰다듬어주다가 이윽고 돌아서려고 하는데 아무래도 같이 따라오고 싶어 하는 눈치였다. 그래서 나는 그냥 따라오도록 내버려 두었다. 집에 오는 도중에도 나는 때때로 발걸음을 멈추고 몸을 구부려서 가볍게 쓰다듬어주기까지 했다. 집에 이르자 우린 곧 친숙해졌고 아내 역시 아주 마음에 들어했다.

그런데 이게 웬일일까. 나는 또 얼마 안 가 이 고양이가 싫증나기 시작했다. 참으로 예기치 않은 일이었다. 고양이가 나를 따르면 따를수록―어째서인지 나도 알 수 없지만―더욱 싫어서 견딜 수가 없었다. 그리고 이 혐오감과 불쾌감은 점점 더 격렬한 증오로 바뀌고 있었다. 나는 가능한 한 고양이를 피하기로 했다. 일종의 수치심과 전에 저지른 잔인한 소행에 대한 기억이 나로 하여금 고양이에게 난폭하게 하는 것만큼은 자제하게 했기 때문이었다. 그 후 몇 주 동안인가는 고양이를 때리거나 학대하는 일은 한 번도 없었다. 그러나 그만큼 점차―서서히―나는 고양이가 보기조차 싫어지고, 행여 눈에 띄기라도 하면 전염병 환자라도 피하듯 말없이 도망치게 되었다.

　더구나 나의 혐오감을 더욱 부채질한 것은, 고양이를 집으로 데리고 온 다음날 아침, 문득 자세히 살펴보니 플루토와 마찬가지로 한쪽 눈이 없었다는 것이었다. 하지만 이러한 사정은 아내에겐 도리어 동정심을 불러일으켰다. 앞에서도 말했지만 예전에 나의 천성이자 소박한 행복의 원천이었던 착한 심성을 아내 역시 적지 않게 지니고 있었던 것이다.

　그러나 내가 싫어하면 싫어할수록, 고양이는 점점 더 나를 따르는 것 같았다. 이 글을 읽는 여러분은 이해하기 힘들겠지만, 징그러울 만큼 집요하게 내가 발걸음을 옮기는 곳마다 졸졸 따라붙는 것이다. 내가 앉으면 따라와서 의자 밑에 웅크리든지, 그렇지 않으면 무릎 위로 뛰어올라 생각만 해도 혐오스러운 몸뚱이를 들이대고 한껏 교태를 부리며 앉는 것이다. 일어나서 걸으면 양다리 사이로 기어 들어와 몸을 휘감아 고꾸라질 뻔한 게 수 차례. 또 때로는 그 길고 날카로운 발톱을 내 옷자락에 박고 가슴팍까지 기어오르기도 했다. 그럴 때는 정말 주먹이라도 한 대 휘둘러 박살내 버리고 싶은 마음이 굴뚝같지만 가까스로 참았다. 전에 저지른 잔혹한 행위가 떠올랐기 때문이다. 하지만 더 솔직한 이유는―무엇을 숨기랴―난 이 고양이가 무서워서 견딜 수 없었던 것이다.

무섭다고 해도 그것은 꼭 육체적인 위해에 대한 공포는 아니었다. 그렇지만 달리 뭐라 표현해야 좋을까. 그것은 나도 잘 모른다. 사실 나도 이런 일을 고백하는 게 부끄럽다. 그렇다. 아무리 내가 중죄를 짓고 독방에서 몸부림치는 처지이긴 해도 이런 속내를 털어놓는 건 나로서도 창피하다. 요컨대 이 고양이에 대한 나의 공포와 전율은 한없이 기괴한 망상에 의해 나날이 부풀어오르고 있었던 것이다. 앞에서도 말했듯이 이 떠돌이 고양이와, 전에 내가 죽인 고양이의 단 한 가지 뚜렷한 차이점이라면 그 하얀 반점뿐이었고 그것에 대해서는 아내도 여러 번 지적한 적이 있었다. 여러분도 기억하고 있겠지만 그건 꽤 큰 반점이었는데, 처음엔 이렇다 할 확실한 형태는 띠고 있지 않았다. 그런데 이것이 서서히―아니, 거의 눈에 띄지 않을 만큼―변화를 보이며, 사실 나 자신도 오랫동안 머리로는 강력히 부정해 왔지만―마침내 어떤 분명한 윤곽을 드러내게 된 것이었다. 입에 담기조차 꺼림칙한 그것은 어떤 사물이었다.―그리고 그 때문에 나는 이 괴물을 증오하고 두려워하며, 아아, 할 수만 있다면 당장 목이라도 비틀고 싶은 심정이었는데―그것은 그 무시무시하고 기분 나쁜－오오, 온몸을 떨게 하는 죄악과 고통, 죽음－그 소름끼치는 것은－단두대의 형상이 었던 것이다.

나의 비참함은 이 세상 어느 인간과도 비교할 수가 없었다. 기껏해야 짐승 한 마리－지금까지도 얼마든지 대수롭지 않게 죽여왔을 이 하찮은 요물 나부랭이가－이래봬도 신의 모습을 본떠 만들어진 인간인 나에 대해 이렇게도 견디기 힘든 고통을 안겨주다니! 아아, 이미 내 마음엔 밤이나 낮이나 편안한 안식이라곤 찾아볼 수가 없구나! 낮에는 한시도 내 곁을 떠나려 하지 않고, 밤에는 밤새도록 끔찍하고 무서운 악몽에 시달리다 눈을 뜬다. 그리고 정신을 차리고 보면 고양이의 뜨거운 입김이 얼굴을 적시고 있고－그 무시무시한 체중－그렇다. 나에겐 도저히 물리칠 힘이 없는 악몽의 화신이 영원히 물러서지 않을 듯 내 심장을 짓누르고 있는 것이다!

이렇게 사정없이 짓이기는 고통으로 인해 그나마 남아 있었던 일말의 선심 마저 결국은 무너지기 시작했다. 흉악한 생각, 참으로 어둡고 무시무시한 생각만이 내 마음의 유일한 벗이 되었다. 평소의 발

끈하는 성미는 점점 더 심해지고, 이윽고 모든 사물, 모든 인간에 대한 증오심으로 발전하게 되었다. 그럴 때마다 제 정신을 잃고 시도 때도 없이 폭발하는 광기 섞인 발작에 불평 한 마디 하지 않고 묵묵히 견뎌준 가장 큰 희생자는 늘 가련한 나의 아내였다.

어느 날 아내는 집안일에 쓸 물건을 찾으러 나와 함께, 살고 있던 낡은 집의 지하실로 내려갔다. 고양이도 역시 우리의 뒤를 쫓아서 경사진 계단을 내려왔는데, 그때 나는 고양이에 발이 걸려 굴러떨어질 뻔했다. 순간 울컥 화가 치밀었다. 나는 격분한 나머지 손에 든 도끼를 번쩍 치켜들고 눈이 뒤집혀서 지금까지 날 억누르던 유치한 공포심은 내동댕이치고 고양이를 향해 정면으로 내리쳤다. 만약 바라던 대로 일격이 적중했더라면 물론 고양이는 즉사했을 것이다. 그런데 그 손을 붙잡는 것이 있었다. 바로 아내의 손이었다. 그러나 방해꾼이 끼어든 것을 알자, 나의 분노는 걷잡을 수 없이 폭발했다. 나는 아내의 손을 뿌리치자마자 가차없이 아내의 정수리 깊이 일격을 가한 것이다. 아내는 그 자리에 쓰러져 죽고 말았다.

이 무시무시한 살인이 끝나자, 나는 곧바로 또 아주 용의주도하게 시체를 은닉하는 일에 착수했다. 낮이든 밤이든

시체를 집밖으로 끌어낸다면 이웃 사람들 눈에 띌 것은 뻔한 일이었다. 온갖 수단이 머릿속에 떠올랐다. 차라리 시체를 토막내어 불에 태워버릴까도 생각했다. 또 지하실 바닥을 파서 묻는 것도 생각했다. 아니면 안뜰의 우물에 던져버릴—아니, 차라리 아무렇지 않게 평범한 물건처럼 상자에 넣어 그대로 차에 실어가게 할까? 어쨌든 여러 가지 방법을 궁리해 보았다. 그런데 문득 마지막으로 생각이 미친 것은 어느 책에서 본 것인데, 중세의 수도승들이 살인을 저지르고는 벽 속에 시체를 넣어 흙으로 발라버렸다는 것이었다. 나는 그 방법이 최선의 방법이라고 생각하며 실제 그것을 지하실에서 실행하려고 결심한 것이다.

그 일을 하는데 지하실은 안성맞춤이었다. 벽은 심하게 건들거렸고 최근에 회반죽 칠을 한 모양인데 지하실 안의 습기 때문에 아직 마르지 않은 상태였다. 그리고 어떤 곳은 굴뚝이나 난로 같은 게 좀 튀어나와 있었지만 칠로 잘 메워 놓아서, 언뜻 보기엔 벽의 다른 부분과 거의 구별할 수 없었다. 이곳이라면 쉽게 벽돌을 빼내고 시체를 끼워넣을 수 있을 뿐더러 누구라도 의심하지 않을 만큼 원상태로 감쪽같이 칠해 감출 수 있는 것이다.

나의 계산은 여기까지 완벽했다. 벽돌은 지렛대로 곧 빼낼 수 있었다. 나는 조심스럽게 시체를 안쪽 벽에 기대어놓고 그대로 버팀목을 대었다. 다음에는 벽면을 원상태로 복구하는 작업, 이것도 어렵지 않았다. 다음에는 모래와 솔, 모르타르를 가지고 아주 세심한 주의를 기울여 처음 것과 똑같은 회반죽을 만든 후, 새로운 벽돌 벽의 표면을 꼼꼼히 칠해 덮었다. 모든 일이 끝나자, 완벽하다고 나는 만족해했다. 벽면은 벽돌 하나 움직인 흔적도 보이지 않았다. 바닥에 떨어진 쓰레기들도 역시 말끔하게 주워모았다. 의기양양하게 주위를 돌아보며 나는 생각했다.

'자, 적어도 이것으로 힘을 쓴 보람은 있군!'

다음은 바로 이 불행의 씨앗을 뿌린 그 고양이를 찾는 것이었다. 이번에는 무슨 일이 있어도 죽이고야 말겠다고 굳게 결심을 하고 있었다. 이때 만약 고양이가 눈에 띄었더라면 당장에 놈의 운명은 끝장이 났을 텐데, 이 교활하기 짝이 없는 요물은 좀 전에 휘두른 도끼 날에 잔뜩 겁을 집어먹었는지 결심을 굳히고 있는 내 앞에 모습을 드러내지 않았다. 그러나 한편으로는 그 저주스런 짐승이 모습을 보이지 않는다는 것, 그것이 나에게 얼마나 깊은 안도감과 행복을 가져다주었던지! 어쨌든 이렇게 해서 그날 밤은 결국 모습을 보이지 않았다. 그리고 그 고양이가 집에 발을 들여놓

33

은 이래, 적어도 이날 하루만큼은 간만에 평화롭고 깊은 잠을 잘 수가 있었다. 그렇다. 마음에는 살인이라는 무거운 짐을 지고 있으면서도 어쨌든 편히 잠을 잔 것이다.

이틀이 지나고 사흘이 지나도 지옥의 악귀 같은 고양이는 다시 나타나지 않았다. 나는 마침내 다시 자유로운 인간으로 돌아왔다. 그 요물 덩어리도 기겁을 하고 영원히 이 집에서 줄행랑을 친 것이다! 이제 두 번 다시 놈의 얼굴을 보지 않아도 된다! 나는 너무나 행복하다! 그 끔찍한 행위에 대한 양심의 가책을 받지 않았다. 아내가 사라지자 누군가가 경찰에 실종 신고를 냈다. 나는 두세 번 조사는 받았지만, 그럭저럭 변명을 둘러대 넘어갈 수 있었다. 가택 수사도 했지만 특별한 것이 발견되지 않았다. 미래의 행복은 이제 손안에 든 것이나 다름없다고 생각했다.

이 사건이 있은 지 나흘째 되는 날, 뜻밖에 경관들이 찾아와서 새로이 엄중한 가택수사를 시작했다. 그러나 시체를 완벽하게 숨겼기 때문에 나는 아주 태연했다. 경관들은 나에게 수사에 입회하라고 말하고 집안 구석구석을 샅샅이 뒤졌다. 세 번째인가 네 번째인가, 그들은 이윽고 지하실로 내려갔다. 하지만 나는 눈 하나 깜짝하지 않았다. 나의 심장은 곤히 잠을 자듯 조용히 맥박치고 있었다. 나는 팔짱을

끼고 지하실 끝에서 끝까지 유유히 걸어다녔다. 경관들도 그제야 만족했는지 슬슬 물러나려는 찰나, 나는 마음의 환희를 더 이상 억누를 수가 없었다. 단 한 마디라도 좋으니 승리의 표시라고나 할까, 뭐든 내뱉고 싶어 참을 수가 없었던 것이다. 나의 무죄에 대한 그들의 심증에 한층 더 확신을 주고 싶었던 것이다.

「여러분!」

경관들이 계단을 내려가려 하자, 드디어 나는 입을 열고 말았다.

「혐의를 씻게 해줘서 정말 고맙습니다. 부디 건강하시길, 그런데 앞으로는 예의라는 걸 좀 갖춰줬으면 좋겠군요. 그리고 또, 얘기는 다르지만 이 집, 이건 정말 아주 잘 만들어진 집이죠.(뭔가 지껄이고 싶다는 욕망에 사로잡혀 나 자신도 무슨 말을 하는지 몰랐다.) 아주 훌륭하게 잘 만들어진 집이에요. 우선 이 벽 말인데—아니, 벌써들 돌아가십니까?—이 벽이 말이죠, 아주 튼튼한 벽돌로 지었죠」 하고, 여기에서 나는 완전히 광기에 가까운 허세라고나 할까, 무심코 손에 쥐고 있던 방망이로 아내의 시체가 있는 그 부분을 있는 힘껏 내리쳤다.

아아! 신이시여, 나를 악마의 저주에서 지켜주소서! 방망이의 꿍음이 사라지자, 그 벽 속에서 어떤 목소리가 들리는 것이다! 처음에는 아이의 훌쩍임처럼 드문드문 끊어지던 목소리가 순식간에 길고 높이 치솟는 오싹한, 도저히 인간의 목소리라 생각할 수 없는 비명으로 이어지고 이윽고 포효로 변하더니 급기야 공포와 승리가 뒤섞인, 지옥의 밑바닥에서 업고에 몸부림치는 유령들의 신음과, 그것에 미쳐 날뛰는 악마들이 한데 얽혀 용솟음치는 듯한 격한 통곡이 되었다.

그때의 내 심정은, 이제 그건 말하기조차 어리석은 일이다. 비틀비틀 뒷걸음질치며 나는 맞은편 벽에 힘없이 미끄러져 내렸다. 한동안 경관들은 경악한 나머지 계단 위에 얼어붙어 움직이질 못했다. 그러나 다음 순간, 몇몇 건장한 팔뚝이 벽을 쳐 허물고 있었다. 벽은 풀썩 무너져 내렸다. 피어오르는 먼지 속에 이미 썩을 대로 썩은, 검붉은 핏덩어리가 쓱 떠올랐다. 그리고 놀랍게도 머리 꼭대기엔 교묘하게 나를 자극하여 살인을 범하게 하고, 다시금 이를 폭로해 나를 교수대로 넘긴 그 소름 돋는 고양이가 한쪽 눈을 번득이며 시뻘건 입을 벌리고 앉아 있었다. 내가 끝내 찾지 못

했던 그 검은 고양이가! 나는 이 괴물을 아내의 시체와 함
께 벽 속에 넣고 그대로 발라 버렸던 것이다.

Tell - Tale
Heart

배반하는 심장

배 반 하 는 심 장

그렇습니다! 저는 심한 신경질쟁이, 신경질 중에서도 정말 지독한 신경질을, 병적일 만큼 심한 신경질을 부리고 있었습니다. 지금도 그렇습니다. 하지만 아무리 그렇다 해도 당신들은 왜 나를 미쳤다고 말하는 겁니까? 제 감각은 병 때문에 비정상적으로 예민해져 있었습니다. 그것은 둔해지기는커녕 엉망이 되지도 않았습니다. 특히 소리를 구별하는 감각은 무서울 정도로 예민했습니다. 제 귀에는 천지간의 별별 소리가 다 들렸습니다. 지옥의 소리조차 들렸습니다. 하지만 아무리 그렇다 해도 내가 왜 미쳤다는 겁니까? 들어보십시오. 저는 시종일관 이렇게 정상인과 똑같이 훌륭하게, 냉철하게 말씀드릴 수가 있습니다.

이 생각이 어떤 식으로 해서 맨 처음 제 머리에 떠올랐는지는 저도 말씀드릴 수 없습니다. 하지만 그것이 일단 분명한 형태를 갖추고 나자 저는 밤낮없이 이 생각에 시달려야 했습니다. 이렇다 할 목적이 있어서는 아닙니다. 일시적인 분노 때문도 아닙니다. 저는 그 노인을 좋아하고 있었습니다. 그 노인이 제게 뭘 어떻게 한 것도 아닙니다. 물론 모욕 같은 걸 받은 기억도 없습니다. 노인의 돈이 탐난다는 생각은 아예 처음부터 해본 적도 없습니다. 짐작컨대 문제는 그 눈이었습니다. 그렇습니다. 바로 그 눈 말입니다. 노인은 옅은 푸른 색 눈동자, 그 위에 얇은 막이 한 장 덮인 듯한 대머리독수리 같은 눈을 갖고 있었습니다. 문득 그의 시선이 제게 꽂혔을 때 저는 제 피가 순식간에 얼어붙는 줄 알았습니다. 이런 이유로 언제부턴가 저는 그 노인의 숨을 끊어놓자고, 그렇게 함으로써 그 눈동자를 영원히 없애버리자고 결심한 것입니다.

그런데 바로 이게 중요한 대목입니다만, 당신들은 제가 미쳤다고 생각하고 있습니다. 하지만 미친 사람은 자기 자신은 아무것도 모르는 법입니다. 아, 저는 당신들에게 꼭 보여주고 싶었습니다. 제가 얼마나 영리하게, 얼마나 조심스럽게, 아니, 얼마나 많은 것들을 고려하여 일을 진행시켰는지 말입니다. 얼마나 교묘하게 시치미를 떼고 이 일에 임했는지 정말이지 꼭 보여주고 싶었습니다.

드디어 실행에 옮기기 일주일 전, 저는 이때만큼 노인에게 친절하게 대했던 적은 없었습니다. 매일 한밤중이 되면 저는 노인의 방문 열쇠를 따고 살짝 문을 열었습니다. 딱 제 머리가 들어갈 만큼 문을 열면 저는 우선 어두운 램프, 그렇습니다, 한줄기 빛도 새나가지 않도록 완전히 덮개를 씌운 램프를 살짝 들이밀고 다음으로 제 머리를 들이밉니다.

　그렇죠. 만약 제가 그렇게 능숙하게 머리를 살짝 집어넣는 것을 당신들이 봤다면 아마 당신들은 웃음을 참지 못했을 것입니다. 노인의 잠을 깨우지 않도록 살짝, 정말로 살짝 들이미는 것입니다. 노인이 누워 있는 모습이 보일 때까지, 즉 제 머리가 완전히 방 안으로 들어갈 때까지 아마 그럭저럭 한 시간은 걸렸을까요? 어떻습니까? 과연 미친 사람이 이렇게 똑똑하게 일을 할 수 있겠습니까? 자, 그렇게 머리를 완전히 들이밀고 나면 다음엔 손에 든 램프의 덮개를 살살, 이것 역시 정말로 살살 엽니다. 워낙 경첩이 삐걱거리는지라 가늘고 가는 빛 한줄기가 대머리독수리의 눈 위에 정확히 떨어지도록 조심스레 열어야 합니다.

　저는 일주일 동안 매일 한밤중만 되면 이 짓을 반복했습니다. 하지만 노인의 눈은 언제나 꼭 감겨 있었습니다. 그래서 저는 결국 제 계획을 실행에 옮기지 못했습니다. 왜냐하면 저를 괴롭힌 것은 그 노인이 아니었기 때문입니다. 바로 악마 같은 그 눈이었던 것입니다.

매일 아침 날이 밝으면 저는 대담하게도 그의 방으로 갔습니다. 너무나도 다정하게 그의 이름을 부르며 어젯밤은 잘 주무셨냐는 둥 용감하게 말을 걸었습니다. 그러니 만일 그 노인이 다른 시각도 아닌 밤 12시에 제가 매일같이 자신의 자는 모습을 보러갔었다는 것을 눈치 챘다면 그야말로 대단한 노인일 것입니다.

8일째 되는 밤이었습니다. 저는 평소보다 더 조심스럽게 문을 열었습니다. 제 손은 시계의 분침보다도 느리게 아주 천천히 움직였습니다. 저 자신조차 그날 밤 처음으로 제 지혜와 재치, 계획의 치밀함에 새삼 감동할 정도였지요. 저는 승리감으로 흥분된 마음을 더 이상 억제할 수 없었습니다.

'이렇게 내가 살짝 조금씩 문을 열고 있어도 노인은 나의 이런 비밀스런 속셈과 행동을 꿈에도 모르고 있다.'

이렇게 생각하자 저절로 피식 웃음이 나오려 했습니다. 그 소리를 들기라도 한 것일까요? 노인이 갑자기 무엇에 놀란 듯 꿈틀댔습니다. 여러분은 제가 뛸 듯이 놀라 엉덩방아라도 찧지 않았나 생각하실지 모르겠지만 그렇지 않습니다. 방 안은 방범용 철창이 내려진 상태라 그야말로 칠흑같

이 어두웠습니다. 문이 열려 있는 것이 보일 리는 없습니다. 저는 그대로 계속 조금씩 조금씩 문을 열었습니다.

머리가 모두 들어갔습니다. 자, 이제 램프의 덮개를 벗길 차례였습니다. 그런데 그때 그만 제 엄지손가락이 미끄러져 양철로 만든 꼭지를 찰칵 건드린 것입니다. 노인은 벌떡 일어나 큰소리로 누구냐고 소리를 질렀습니다.

저는 입을 다물고 꼼짝도 하지 않았습니다. 한 시간쯤 그 상태 그대로 근육 하나 움직이지 않았습니다. 하지만 노인이 다시 드러눕는 기척이 없었습니다. 그는 가만히 귀를 기울인 채 침대 위에 앉아 있는 것이었습니다. 그것은 마치 제가 매일 밤 벽 속에 있는 다듬이벌레의 울음소리에 꼼짝도 하지 않고 귀를 기울이고 있는 것과 같다고나 할까요?

드디어 저는 희미한 신음 소리 같은 것을 들었습니다. 아, 그 무시무시한 죽음의 신음 소리 말입니다. 그저 고통이나 슬픔의 신음이 아닙니다. 아, 그야말로 인간의 마음이 공포에 압도되었을 때 영혼의 밑바닥에서 쥐어짜내는 이상하고 숨막히는 음산한 소리였습니다. 그것은 귀에 익은 익숙한 소리였습니다. 밤이면 밤마다 세상이 잠든 한밤중이면 반드시 제 가슴 깊은 곳에서 뿜어져 나오던 그 신음입니다. 그리고 그 무서운 메아리가 공포를 더욱 조장하는 바람에 저는 정말 미칠 것 같았습니다.

　제가 귀에 익은 신음 소리라고 말씀드렸는데, 저는 그 노인의 마음속이 훤히 들여다보이는 것 같아 저도 모르게 득의의 미소를 지었습니다. 하지만 노인이 불쌍하다는 생각이 전혀 들지 않는 것은 아니었습니다. 찰칵하는 소리에 잠에서 깬 뒤 그가 계속 잠도 못 자고 귀를 기울이고 있다는 것을 잘 알 수 있었습니다. 노인은 점점 공포의 포로가 되어가고 있는 것입니다. 그는 몇 번이나 아무것도 아니라고 생각하려는 듯했습니다. 하지만 그게 잘 안 되는 모양입니다.

　「흥! 아무 소리도 아니야. 난로에서 나는 바람소리야. 아니면 천장에 쥐가 다니는 소리겠지」 또는 「아마 귀뚜라미가 느닷없이 운 모양이지」라고 노인은 자기 자신에게 말하고 있었겠죠.

　그렇습니다. 이렇게 생각하며 적어도 자기 자신을 위로하려 했을 것입니다. 하지만 그 모든 것이 소용없는 일이었습니다. 그렇습니다. 정말 소용이 없었습니다. 왜냐하면 실제로 그 시커먼 '죽음'의 그림자가 발소리를 죽인 채 살금살금 다가와 불쌍한 노인을 이미 감싸버렸기 때문입니다. 물론 그것은 보이지도 들리지도 않지만 방안에 들이민 제 머리를 노인이 분명히 느낄 수 있었던 것은 이 보이지 않는 그림자의 무서운 소행이었던 것입니다.

저는 꽤 오랫동안 참을성 있게 그의 기척을 살피고 있었습니다. 하지만 여전히 그가 다시 드러눕는 소리는 들리지 않았습니다. 그래서 저는 약간만, 정말로 머리카락만큼 약간만 램프 덮개를 열기로 했습니다.

드디어 열었습니다. 조금씩 조금씩, 천천히 천천히, 아, 어떤 표현을 쓰더라도 당신들은 모를 겁니다. 드디어 그야말로 거미줄처럼 희미한 한줄기 빛이 틈새로 새어나와 대머리독수리의 눈 바로 위에서 딱 멈춘 것이었습니다.

그런데 그가 눈을 활짝 뜨고 있는 것이 아닙니까. 그것을 보고 있자니 저는 울컥 화가 치밀어 오르는 것을 느꼈습니다. 이때 저는 그 눈을 생생하게 본 것입니다. 흐릿한 푸른 눈동자, 그리고 항상 제 온몸을 물을 뒤집어 쓴 듯하게 만드는 막이 덮인 무서운 눈. 그것을 제 눈으로 똑똑히 본 것입니다. 눈 말고는 노인의 얼굴도 모습도 보이지 않습니다. 본능이었을까요? 저는 그 악마의 눈 하나에만 그야말로 추호의 오차도 없이 한줄기 빛을 딱 비춘 것이었습니다.

그렇습니다. 아까도 말씀드렸다시피 당신들이 광기라 부르는 것은 그저 병적으로 신경이 예민한 상태에 지나지 않

는 것입니다. 아, 바로 그때였습니다. 저는 문득 낮고 둔하
며 급한 소리, 마치 시계를 면포로 둘둘 말은 듯한 소리를
들었습니다. 이것 역시 전에 들은 적이 있는 소리였습니다.
그것은 노인의 심장 뛰는 소리였습니다. 그 소리를 듣자 마
치 병사가 북소리에 고무 당하듯 한층 더 울화가 치밀었습
니다. 하지만 그래도 저는 가만히 참으며 꼼짝하지 않았습
니다. 숨도 쉬지 않을 정도였습니다. 돌처럼 꼼짝 않고 램
프의 빛을 비추고 있었습니다. 이대로 얼마나 버틸 수 있을
지 저는 필사적이었습니다. 그동안에도 심장의 고동은 시
시각각 빨라졌습니다. 시시각각 빠르고 커져갔습니다. 노
인의 공포는 아마 필사적인 것이었겠죠. 방금 말씀드렸다
시피 그 소리는 점점 커져갔습니다.

　자, 잘 듣고 계시겠지요? 저는 신경이 예민한 사람이라고
말씀드렸습니다. 정말 그렇습니다. 다른 때도 아닌 한밤중에
이 낡은 집의 무서운 침묵 속에서 이 이상한 소리를 듣고 있
는 겁니다. 어쩔 수 없이 꼼짝도 할 수 없는 공포에 저는 완
전히 제정신이 아니었습니다. 그래도 한 2, 3분 동안은 가만
히 참고 있었습니다. 하지만 심장 뛰는 소리는 더욱더 커져
갔습니다. 심장이 터져버릴 것 같다는 생각이 들었습니다.

　이번엔 전혀 다른 걱정이 밀려오기 시작했습니다. 혹시

옆집에서 이 소리를 듣는 것은 아닐까? 이제 할 수 없습니다. 저는 갑자기 큰소리를 지르며 램프 덮개를 활짝 열고 눈 깜짝할 사이에 방 안으로 뛰어들었습니다. 노인은 으악 하는 한 마디, 네, 단 한 마디였죠. 이상한 비명을 질렀습니다. 저는 순식간에 노인을 바닥으로 끌어내려 그대로 무거운 침구로 눌러죽이고 말았던 것입니다. 의외로 손쉽게 일이 끝난 것을 보고 그제야 저는 가벼운 마음으로 웃었습니다. 물론 심장만은 얼마간 계속 고동치고 있었지만 그것은 아무것도 아닙니다. 이제 벽 너머에서 누가 이 소리를 들을 염려는 전혀 없었으니까요.

잠시 후 그 소리도 멈추었습니다. 드디어 죽은 것이겠죠. 저는 침구를 조심스레 치우고 시체를 살펴보기 시작했습니다. 실로 완벽하게 숨이 끊어져 있었습니다. 심장에 손을 갖다대고 잠시 동안 가만히 있었지만 심장은 전혀 뛰지 않았습니다. 돌처럼 차갑게 죽어 있었습니다. 저는 이제 두 번 다시 그 눈 때문에 괴로워하는 일은 없을 것입니다.

아직도 저를 미쳤다고 생각하십니까? 그렇다면 제가 얼마나 세심하고도 주의 깊게 시체를 처리할 계획을 세웠는지에 대해 얘기하겠습니다. 그러면 설마 그런 생각은 안하시겠지요. 이미 새벽이 다가오고 있었습니다. 저는 묵묵히 서둘러 일을 시작했습니다.

우선 첫째로, 시체를 토막 냈습니다. 머리와 팔과 다리를 잘라냈습니다. 그리고 이번엔 마룻바닥 석 장을 떼어내고 토막 낸 시체를 남김없이 그 안에 던져넣었습니다. 그러고 나서 물론 감쪽같이 원래대로 해놓아 인간의 눈으로는, 아니, 악마의 눈으로도 알아차릴 수 없게 만들었습니다. 핏자국 같은 것은 전혀 없었습니다. 왜냐하면 닦아낼 필요도 없이 처음부터 통에 받았으니까요. 하하하하…….

자, 일을 다 끝내고 나니 한 네 시쯤 되었을까요? 밖은 여전히 어두웠습니다. 그런데 네 시를 알리는 종이 울린 그 순간 갑자기 누군가가 현관문을 두드렸습니다. 두려워할 것이 뭐 있나요? 저는 발걸음도 가볍게 나가서 문을 열었습니다. 그러자 남자 셋이 들어와 경찰이라고 말하면서 매우 정중하게 인사했습니다. 듣자하니 이웃집에서 이상한 비명 소리를 듣고 수상하게 여겨 경찰에 신고했고 그들은 가택 수색을 하러 왔다는 것이었습니다.

저는 빙그레 미소 지었습니다. 도대체 뭐 하나 두려워할 것이 있단 말입니까? 기꺼이 그들을 집에 들이며 말했습니다.

「문제의 비명 소리는 제가 악몽을 꾸다 지른 것입니다. 노인은 마침 시골에 가고 없습니다.」

이렇게 말하며 저는 집안 곳곳을 안내했습니다.

「자, 어서 찾아보세요. 마음껏 찾아보십시오」하고 말했습니다. 그리고 노인의 방까지 안내했습니다. 돈이나 소지품에는 처음부터 손 하나 대지 않았으므로 그대로 보여주었습니다. 너무 자신이 넘쳤던 걸까요? 저는 의자까지 가져와 「얼마나 피곤하십니까. 자, 좀 쉬십시오」라고 말하기까지 했습니다. 그리고 저는 완전히 승리감에 취해 대담하게도 제가 죽인 노인의 시체를 숨긴 자리 바로 위에 의자를 놓고 앉았습니다.

경찰도 만족한 듯 보였습니다. 제 태도를 보고 완전히 안심한 것이겠지요. 저도 묘하게 마음이 안정되었습니다. 같이 의자에 앉아 싱글싱글 웃으며 큰 소리로 대답을 하고 있으니 경찰도 여러 가지 별것 아닌 얘기까지 화제로 삼았습니다. 하지만 잠시 후 저는 왠지 온몸에서 피가 다 빠져나가는 느낌이 들었습니다. 경찰이 빨리 돌아가 주었으면 하는 심정이 간절했습니다. 묘하게 머리가 아프고 귓속에서 뭔가가 왱왱 울리는 소리가 들리는 듯했습니다. 하지만 그들은 여전히 의자에 앉아 얘기를 계속하고 있었습니다. 이명(耳鳴)은 점점 커져만 갔습니다. 멈추기는커녕 한층 더 확실해졌습니다. 마치 그 소리를 지우려는 듯 저도 점점 큰

소리로 떠들기 시작했습니다. 하지만 그래도 그 소리는 점점 커져만 갔고 마침내 저는 문득 그것이 귀 안에서 울리는 소리가 아니라는 것을 알았습니다. 이미 그때는 제 얼굴이 새파랗게 질려 있었겠지요. 하지만 저는 더욱 큰 목소리로 더욱 빠른 어조로 계속해서 말했습니다. 그러나 여전히 소리는 커져만 갈 뿐이었습니다. 아, 어떻게 하면 좋을까요. 그것은 낮고 둔하고 게다가 급한 소리. 꼭 시계를 면포로 둘둘 감은 듯한 바로 그 소리였습니다. 저는 무심코 큰 한숨을 내쉬었습니다. 하지만 경찰들의 귀에는 그 소리가 들리지 않나 봅니다. 저는 더욱 빠르고 무서운 어조로 얘기했습니다. 그래도 그 소리는 시시각각 커져갈 뿐이었습니다.

저는 일어섰습니다. 뭔지 기억도 나지 않는 별것 아닌 얘기를 큰 소리로 과장된 몸짓까지 섞어가며 끊임없이 주장했습니다. 하지만 여전히 소리는 커져갔습니다.

'아, 왜 빨리 돌아가지 않는 거지?'

저는 마치 상대의 말에 화가 난 사람처럼 매우 격렬한 기세로 방 안을 뚜벅뚜벅 돌아다니기 시작했습니다. 하지만 여전히 소리는 커져갈 뿐이었습니다.

'아, 어쩌지?'

저는 이제 침을 튀기며 욕설을 퍼부었습니다. 앉아 있던 의자를 휘두르며 마룻바닥을 마구 긁어 소리를 냈습니다. 하지만 소리는 가라앉기는커녕 점점 더 뚜렷해져 가는 것입니다. 그런데도 녀석들은 아직도 뭐가 재미있는지 무슨 얘기를 하며 시시덕거리고 있습니다.

'도대체 이 녀석들 귀에는 들리지 않는다는 걸까? 아, 신이시여! 아니, 아니야. 그럴 리가 없어. 다 들리는 걸 거야. 놈들은 날 의심하는 거야. 다 알고 있는 거야. 그러면서 내 공포를 비웃고 있는 거야!'

저는 이렇게 생각했습니다. 아니, 지금도 그렇게 생각하고 있습니다. 그러는 편이 이런 고통보다 차라리 낫습니다. 그 조소를 생각하면 어떤 일이든지 참을 수 있습니다. 그 위선자 같은 웃음을 저는 더 이상 참을 수가 없었습니다. 지금 소리를 지르지 않으면 이대로 죽어버릴 것 같기도 했습니다. 게다가 어쩌란 말입니까. 또다시 그 소리는 크게, 더 크게, 아, 참을 수 없어!

「이런 제길!」

저는 정신없이 소리쳤습니다.

「시치미 그만들 떼시지! 그래, 나다! 자, 그 마룻바닥을 떼어내! 여기, 여기야, 여기! 그래. 그 녀석의 무서운 심장소리야, 이 소리는!」

모르그 가의 살인사건

Murders in the
Rue Morgue

모르그가의 살인사건

흔히 분석적이라 칭해지고 있는 정신기능 그 자체는 사실 거의 분석이 불가능하다. 그것들은 오로지 결과로써 판단할 수밖에 없다. 그러나 단 한가지 알 수 있는 것은 남보다 뛰어난 분석력을 지닌 인간에게 있어서 그것은 늘 생생한 즐거움의 원천이라는 것이다. 힘 좋은 사람이 근육을 쓰는 운동이라면 뭐든 마다 않는 것처럼, 이 분석가 역시 사물을 파헤치는 지적 활동이라면 무엇이든 푹 빠져들고 만다. 아무리 시시한 것이라도 이러한 그의 재능을 발휘시킬 수 있다면 좋아서 어쩔 줄 모르는 것이다. 수수께끼라든지 어려운 문제 해결, 암호 해독 등, 주로 이러한 것을 좋아하고, 이것들을 해결함에 있어 평범한 사람의 눈에는 오로지 초자연적으로만 비쳐지는 슬기와 민첩함을 나타내는 것이다. 사실 그 결론은 모두 정연한 순서를 따라 도출되는 것이지만 언뜻 보기엔 직관으로만 여겨질 뿐이다.

분석 능력이란 것이 수학의 연구, 그것도 단지 그 역행적인 조작 때문에 해석학이라 잘못 불리어지고 있는 고등수학의 연구에 의해 크게 발달된 것은 사실이다. 하지만 그럼에도 불구하고 계산은 꼭 분석이라고 할 수는 없다. 체스 기사를 예로 들면, 그는 계산은 하지만 분석은 하지 않는다. 따라서 체스 게임이 주는 지적인 효과란 상당부분 오해라고 할 수 있는 것이다.

나는 지금 무슨 논문을 쓰려는 것이 아니다. 단지 이제부터 색다르다면 색다른 어떤 이야기를 시작하기에 앞서 서문으로써 약간의 여담을 늘어놓는 것일 뿐이다. 따라서 다시 말하건대, 고도의 사색이라는 지력을 함양하는 데는 단지 복잡하기만 하고 시시한 체스 게임보다는 수수하긴 하지만 체커 쪽이 훨씬 도움이 된다. 체스란 놈은 말의 움직임이 다양하고 기묘할 뿐만 아니라 등급도 제각각이어서 아주 복잡하기 짝이 없는데, 바로 이러한 변화무쌍함으로 인해 뭔가 아주 심원한 것이라도 되는 양(자주 있는 오해지만) 오해를 사곤 하는 것이다.

체스의 경우 가장 중요한 것은 '주의력'이다. 한순간이라도 주의력이 흐트러지면 즉시 시선을 놓치게 되어 큰 낭패를 보게 된다. 게다가 움직임이 아주 다양하고 복잡하기 때문에 못 보고 지나칠 위험성은 점점 더 커진다. 따라서 십중팔구 머리 좋고 민첩한 사람보다는 단지 집중력이 뛰어난 쪽이 이기게 되는 것이다.

그와 반대로 체커의 경우는 움직임이 다르다. 움직이는 방법은 오직 하나밖에 없고 변화 또한 거의 없다. 그러므로 자연히 간과할 위험은 줄어들고 단순한 주의력 따위는 비교적 덜 요구된다. 어느 쪽이든 우세한 위치에 서는 건 바로 더 민첩하고 뛰어난 두뇌 덕분인 것이다.

얘기가 추상적으로 흐르게 됐는데 다시 원점으로 돌아오면, 가령 체커 게임에서 판 위에 킹 네 개만 남게 되었다고 가정하자. 물론 이렇게 되면 간과하는 실수를 저지를 우려는 없다. 이 경우(대국자 쌍방이 동등한 실력이라는 조건하에서) 승부는 바로 분석의 결과, 바꾸어 말하면 지력의 움직임에 의해 결정된다.

평범한 수단으로는 이미 손을 쓸 수 없게 되어버린 판국에서 분석가는 완전히 상대의 마음이 되어, 즉 자타 합일의 경지로 들어가 비로소 상대를 패배로

이끌거나, 또는 오산을 유도하는 유일무이한 수단(때로는 바보 같을 정도로 단순한 수단이지만)을 순간적으로 발견하는 경우가 종종 있는 것이다.

한편 휘스트는 계산력이란 것을 길러준다는 이유로, 흔히 머리가 뛰어나다고 알려진 사람들이 체스는 시시하다고 거들떠보지 않으면서 휘스트는 이상할 만큼 열중하는 것을 볼 수 있다. 확실히 비슷한 오락들 중, 휘스트만큼 분석력을 단련하는데 도움이 되는 것은 없을 것이다.

체스의 경우는 설사 세계 제일의 명기사라 할지라도 기껏해야 체스의 명인에 지나지 않는 것이다. 하지만 휘스트를 잘한다는 것은 일반적으로 인간과 인간, 지와 지의 싸움에 있어서 어떤 중대사일지라도 훌륭하게 이를 해낼 수 있는 능력을 의미하는 것이고, 여기에서 잘한다는 의미는 정당한 우위를 획득함에 있어 그 근본이 된 줄기 하나하나를 남김없이 제대로 간파하고 있다는 완벽한 솜씨를 가리키는 것이다. 물론 줄기는 많기도 많을 뿐더러 다양하고, 또 평범한 이해력으로는 절대로 도달할 수 없는 사고의 깊은 구석에 숨어 있는 경우가 많다.

주의 깊은 관찰이란 곧 명석한 기억력을 의미한다. 따라서 주의력이 뛰어난 체스 기사라면 당연히 휘스트 게임도 잘 해낼 것이고, 또 호일(영국의 트럼프·체스의 대가)의 법칙 같은 것도(이 역시 단순한 게임의 조작에 바탕을 두고 있는 이상) 충분히 이해할 수 있을 것이다. 때문에 명인이나 고수라 해도 결국은 좋은 기억력에 제대로 된 '틀'을 따라하는 것에 불과할 뿐이다.

그러나 분석가의 솜씨란 단순한 법칙의 한계를 넘는 것이다. 예를 들어 그가 묵묵히 관찰이나 추리를 한다고 하자. 아마 그러한 것은 다른 사람들도 할 것이다. 여기에서 그것에 의해 얻어지는 지식의 차이란 추리력의 옳고 그름보다는 관찰의 깊이 여하에 따라 결정되는 것이다. 필요한 것은 우선 무엇을 관찰해야 하는가, 그것을 아는 것에 있다.

분석가는 여기에서 결코 생각의 범위를 국한시키지 않는다. 목적이 게임 자체에 있다고 해서 게임 이외의 사항으로부터 연역하는 일을 거부하지는 않는 것이다. 우선 자기편의 얼굴 표정을 살핀 다음 그것을 상대편의 얼굴과 차근차근 비교한다. 각자 패를 들고 있는 모양을 관찰하고, 그 위에 힐끗 던지는 눈길 하나로 으뜸 패와 에이스, 잭 등의 수를 하나하나 셀 수도 있는 것이다.

게임이 진행되는 동안 그는 표정의 작은 변화 하나도 절대 놓치지 않는다. 그리고 확신에 찬 표정, 놀라움, 자신감,

고민 등, 온갖 표정의 차이에서 사고의 자료를 수집한다. 가령 한 판에 내놓은 패를 모으는 모양새 하나로, 그 자가 같은 패로 한 판 더 승부를 겨룰 수 있을지 어떨지를 판단할 수 있는 것이다.

또 테이블 위에 카드를 던지는 동작 하나로 속임수쯤은 즉시에 간파해 버린다. 무심코 흘린 말, 우연히 카드를 떨어뜨리거나 안을 보이고선 황급히 감추기도 하고, 천연덕스럽게 앉아 있기도 하고, 혹은 내놓은 카드를 센다든지 그것을 다시 늘어놓는 모습, 그 외에 당혹감이나 망설임, 안달, 황급함 등등—그것들은 모두 그의 지각(겉으론 직관으로 보이지만)에 일의 진상을 잘 드러내고 있는 것이다. 때문에 처음 두세 판이 끝나면 그는 이미 각자가 어떤 패를 갖고 있는지 완전히 꿰뚫고 있고, 나머지 사람들은 들고 있는 패를 그에게 훤히 보이며 승부를 하고 있는 것과 마찬가지가 된다. 그는 절대적인 확신을 갖고 차례대로 패를 뽑아가는 것이다.

분석적인 능력과 단순한 솜씨를 혼동해서는 안 된다. 분석가가 잘하는 것은 당연하지만 잘하는 인간이 반드시 분석가는 아닌 것이다. 오히려 아주 무능한 경우가 많다. 잘한다는 것은 보통 구성하거나 결합하는 능력에 의한 것으로, 골상학자 등은 이것을 원시적인 능력의 하나로 보고 독립된 기관의 작용으로 간주하고 있고,(나는 잘못된 견해라고 생각하지만) 또 이 능력은 그 외의 점에서는 백치에 가까운 지능의 소유자에게서 자주 볼 수 있어 널리 윤리학자들의 주의를 끌기도 했다. 이렇게 볼 때 솜씨와 분석적인 능력의 차이는 바로 공상과 상상 사이에 존재하는 차이와 비슷하면서, 나아가 훨씬 큰 차이가 있다고 할 수 있다. 사실 잘한다는 말을 듣는 사람은 항상 공상적이고, 마찬가지로 진정으로 상상을 하는 사람은 늘 분석적이라는 것을 알 수 있을 것이다.

이제부터 하는 이야기는 바로 위에서 언급한 명제를 설명해 주는 주석과 같은 역할을 해주리라 생각한다.

18××년 봄과 초여름에 걸쳐 파리에 머무르는 동안, 나는 C. 오귀스트 뒤팽이라는 남자를 알게 되었다. 이 청년 신사는 훌륭한 가문, 즉 명문이라 할 만한 좋은 집안 출신이었는데 여러 가지 불운한 사건이 겹쳐서 몹시 궁핍해지고, 그 때문에 기세마저 꺾여 이미 세상 밖으로 나가 활동할 의욕도, 가세를 일으켜볼 생각도 완전히 상실한 상태였

다. 다행히 채권자들의 배려로 물려받은 유산이 아직 조금은 남아 있던 터라, 거기에서 들어오는 수입에 의존하며 허리띠를 바짝 졸라매는 생활을 했기에, 쓸데없이 사치할 생각만 않는다면 그럭저럭 입에 풀칠할 정도는 되었다. 사실 책을 사보는 것이 유일한 사치라면 사치였지만, 그 정도쯤은 파리에서도 쉽게 손에 넣을 수 있었다.

그를 처음 알게 된 것은 몽마르트르가의 어느 이름 없는 도서관에서였다. 마침 그와 마찬가지로 나도 아주 특별한 희귀본을 찾고 있었기 때문에 우리 둘은 곧 친해지게 되었다. 우리는 그 후에도 자주 만났다. 대체로 프랑스인들은 한번 자신의 이야기 보따리를 풀어놓으면 뭐든 숨김없이 줄줄 털어놓는 편이다. 그 중에서도 특히 그가 털어놓은 자신의 상세한 집안 내력에 나는 아주 큰 흥미를 느끼게 되었다. 또 그의 폭넓은 독서 량에도 혀를 내두르지 않을 수 없었다. 그러나 그보다 한층 더 나의 영혼을 불타오르게 했던 것은 무엇보다도 그의 뜨거운 정열, 그리고 활기차고 신선한 상상력이었다.

당시 내가 파리에 있었던 것은 사실 어떤 목적이 있어서였는데, 이를 위해서도 이런 사람과의 교제는 말할 수 없이 소중한 것이었다. 그리고 그러한 기분을 나는 솔직하게 그에게 털어놓았다. 결국 우리는 파리에 머무는 동안 아예 함께 기거하는데 의견일치를 보게 되었고, 다행히 경제적인 면에서는 내가 좀 나은 편이어서 집은 내가 구하기로 했다.

마침 포브르 생 제르망의 일각, 후미지고 스산한 동네에 아마 불길하다는 소문 때문인지 오랫동안 돌보는 이 없었던 낡아빠진 폐가 한 채를 발견했는데, 우리는 미신하곤 거리가 멀었으므로 그의 양해를 얻어 곧 그 집을 빌리기로 했다. 나아가 우리 두 사람에게 공통된 그 괴이한 침울함, 이것에 어울릴 만한 가구나 살림살이를 사서 구색을 갖추기로 했다. 만약 이 집에서의 우리의 생활이 세상에 알려지기라도 한다면, 아마 그것은 미친 짓-전혀 해가 없는 미친 짓이긴 하지만-으로밖에 생각되지 않을 것이다.

우리는 세상으로부터 완전히 격리된 생활을 했다. 방문객 같은 건 물론 허락되지 않았다. 가까운 친구들에게조차 나는 이 은둔처를 각별히 신경 써서 비밀로 해두었고, 뒤팽으로 말하자면 이미 파리에서도 완전히 소식을 끊은 지 오래되었다. 즉 우리 두 사람은 오로지 둘만의 세계에 갇혀 살았던 것이다.

내 친구 뒤팽에게는 묘한 기벽이 있었으니,(그렇게밖에는 생각할 수가 없는 것이다) 그는 밤 그 자체를 사랑한다는 요상한 취미에 푹 빠져 있었다. 그리고 이 기괴한 취미에 나는 다른 경우와 마찬가지로 암암리에 맥없이 동화되어가고 있었던 것이다.

이 어둠의 여신은 늘 우리와 함께 있는 것은 아니다. 그러나 우리는 인위적으로 가상의 밤을 만들어낼 수가 있다. 즉 새벽녘 하늘이 불그스레 밝아오기 시작하면, 집안의 창문이란 창문은 모조리 닫고 촛불을 두 개 밝힌다. 강한 향료를 넣은 이 등불만이 어렴풋이 요상한 빛을 발할 뿐이다. 그리고 이 등불에 의지하여 책을 읽거나 글을 쓰거나, 담소를 나누는 마치 꿈결과 같은 영혼의 생활이 시작되는 것이다. 그러다 보면 이윽고 진정한 밤의 도래를 알리는 종소리가 울린다. 그러면 이번에 우리는 손을 잡고 밤거리로 뛰쳐나가는 것이다. 낮에 하다만 얘기를 계속하기도 하고, 밤늦게까지 정처 없이 돌아다니며 멀리 나가는 경우도 있는데, 어쨌든 그런 식으로 우리는 대도시의 기괴한 빛과 그림자 속에서 단지 조용한 관찰이 가져다주는 정신의 무한한 흥분을 찾아다니고 있었던 것이다.

그럴 때마다 늘 내가 자신도 모르게 혀를 내두르지 않을 수 없는 것은 바로 뒤팽의 독특한 분석력이었다.(그의 풍부한 상상력에서 그쯤은 충분히 예기하고 있던 바이지만) 그는 이

러한 자신의 능력을 과시하지는 않았지만 사실 몹시 써먹고 싶어하는 눈치였다. 그리고 그것이 가져다주는 기쁨을 터놓고 나에게 고백한 적도 있었다. 그의 눈으로 보면 대부분의 사람들은 가슴의 창을 활짝 열어놓고 있는 것과 마찬가지라고, 낯익은 소리 없는 웃음을 웃으며 나에게 호언장담한 적도 있다. 게다가 이렇게 큰소리를 친 후에는 반드시, 실제 내 마음을 훤히 꿰뚫어보고 있다는 놀랄 만한 증거를 보여주는 것이다. 그러한 때의 그의 얼굴은 얼음장처럼 딱딱하고 텅 빈 듯한 무표정이 된다. 그리고 평상시 낮게 깔린 부드러운 테너 조의 음성이, 침착하고 분명한 발음이 아니었으면 히스테리라도 일으켰나 싶을 만큼 엄청난 고음으로 변하는 것이다. 이렇게 흥분 상태에 빠진 그를 보고 있자면 곧잘 나는 인간의 이중성이란 것에 대해 언급한 고대의 철학에 생각이 미치고, 이른바 두 사람의 뒤팽―즉, 창조적인 뒤팽과 분석적인 뒤팽―이라는 것에 상상의 나래를 펼치면서 적지 않은 흥미를 느끼곤 하는 것이다.

하지만 이런 말을 한다고 해서 내가 무슨 미스터리나 로맨스를 쓰고 있다고 생각한다면 곤란하다. 즉 지금까지 내가 이 프랑스인에 대해 말한 것은 그에게 있어서는 단순한 흥분이라기보다는 일종의 병적인 예지에서 생겨나는 결과

였던 것이다. 어쨌든 그건 그렇다 치고, 이러한 상태에 빠졌을 때의 그의 예리함은 구체적인 예를 드는 것이 가장 알기 쉬울 것이다.

어느 날 밤, 우리 두 사람은 팔레 로와얄에서 가까운 좀 지저분한 거리를 어슬렁거리고 있었다. 양쪽 모두 무언가 골똘히 생각에 잠겨 한 15분 정도는 둘 다 입을 열지 않았다. 그런데 그때였다. 갑자기 뒤팽이 말을 꺼냈다.

「맞아, 바로 그거야! 확실히 그쪽은 치수가 너무 짧아. 역시 희극 쪽이 어울린다고.」

「그래, 그렇다고」 하며 무심코 나도 고개를 끄덕이고 말았는데,(깊이 생각에 잠겨 있던 참이라) 처음에는 그의 말이 마침 내가 생각하고 있었던 것에 딱 들어맞는 응답이었다는 그 묘한 사실조차 깨닫지 못하고 있었다. 그런 만큼 다음 순간, 제정신으로 돌아온 나는 깜짝 놀라지 않을 수 없었다.

「이것 보게, 뒤팽.」

나는 안색을 바꾸며 말했다.

「도저히 나는 이해할 수가 없는데, 아니, 솔직히 고백하겠네. 나는 정말로 놀랐다네. 내 눈과 내 귀가 의심스러울 정도야. 도대체 자네는 어떻게 알았지? 내가 지금 생각하고 있었던 것을?」하고 여기에서 나는 말을 끊었다. 즉 내가 누구에 대해 생각하고 있었는지, 과연 정말로 알고 있는 것인지, 그걸 분명하게 확인하고 싶었기 때문이다.

그는 말했다.

「샹티리에 관한 거지. 그보다도 왜 입을 다물고 있었지? 그 키 작은 남자는 도무지 비극에 어울리지 않는다는 그런 생각을 하고 있었지?」

내가 생각하고 있었던 바로 그대로였다. 샹티리는 생 드니 가에서 구둣방을 하던 남자인데, 연극에 미치는 바람에 크레비용의 비극 '크세르크세스'의 주인공 역까지 시도했지만, 보기 좋게 비웃음을 사고 있던 터였다.

「부탁이니 말해 주지 않겠나?」

나도 모르게 크게 목청을 높여 말했다.

「어떻게 그리도 정확히 나의 심중을 간파할 수 있는지, 그 방법을 말이야. 그게 아니라면 얘긴 다르지만.」

사실 나는 가슴이 철렁했지만 부끄러워 잘 표현할 수 없었다.

「바로 그 과일 장수야, 자네에게 그 구두 수선공은 크세르크세스는 커녕, 그런 어떤 종류의 역과도 어울리지 않는다고 결론을 내리게 한 건 말이지.」

「과일 장수? 이거 놀랍군, 과일 장수라곤 나는 한 명도 모르는데.」

「아니, 우리가 이 거리에 들어섰을 때 자네와 부딪쳤던 남자, 그 사람 말일세. 한 15분쯤 전에 말이지.」

과연, 그의 말을 듣고 보니 생각이 났다. 우리들이 C가에서 지금 이 거리로 들어섰을 때 커다란 사과 바구니를 머리에 얹은 과일 장수가 물론 실수이긴 했지만, 나를 밀치고 지나가 하마터면 쓰러질 뻔한 것이다. 하지만 그렇다고 해도 그것이 샹티리와 무슨 관계가 있다는 건지, 나는 도무지 알 수가 없었다.

뒤팽의 모습에는 허풍의 낌새는 눈곱만큼도 없었다.

「자, 한번 설명을 해보지. 확실한 이해를 돕기 위해 먼저, 문제의 그 과일 장수와 충돌했던 때부터 조금 전 내가 입을 열었던 순간까지 자네가 무엇을 생각하고 있었는지 거꾸로 거슬러 올라가며 말해 볼까? 우선 비교적 큰 흐름만을 들어보면 말이지─샹티리, 오리온, 니콜스 박사, 에피크로스, 스테레오토미(절석법 : 截石法), 거리의 포석, 그리고 마지막으로 과일 장수였지.」

생각해 보면, 인간이 인생의 어느 시점에 이르러 자신의 생각이 어째서 그러한 결론에 도달했는지, 그 과정을 거슬러 올라가는데 흥미를 느끼지 않는 경우는 드물 것이다. 확실히 그것은 흥미만점의 일이고, 처음 해본 사람은 그 출발점과 도착점 사이에 거의 무한대라 할 수 있는 거리와 모순이 존재한다는 사실에 아마 놀라움을 금치 못할 것이다. 그러니 내가 이 뒤팽의 말을 듣고 그것이 모두 정확하게 맞아떨어졌다는 것을 인정하지 않을 수 없었을 때, 그때의 놀라움이란 굳이 말로 표현할 필요가 없을 것이다. 그는 계속해서 말을 이었다.

「내 기억이 틀리지 않는다면 말이지, 우리들이 C가를 벗어날 즈음엔 분명 말(馬)에 대한 얘기를 하고 있었을 걸세. 그것이 우리의 마지막 화제였지. 그런데 길을 가로질러 이 거리로 들어섰을 때였어. 마침 길바닥을 보수하는 중이었는데, 그때 커다란 사과 바구니를 이고 가던 과일가게 주인이 아주 황급히 우리 옆을 지나다가 길가에 쌓아놓은 포장용 석재 위로 자네를 밀치고 갔다네. 자네는 그 무너진 돌조각을 밟고 발이 미끄러져 뒤꿈치를 삔 것 같았어. 순간 눈살을 찌푸리며 뭔가 한두 마디 중얼거렸는데, 힐끔 돌무더기 쪽을 돌아보더니 다시 입을 다물고 걷기 시작했지. 나는 특별히 자네의 동작을 지켜보고 있었던 건 아니야. 그러나 요즘 나는 어쨌거나 뭐든 관찰하지 않고는 배길 수가 없다네.

　자네는 계속해서 시선을 아래로 떨군 채 여전히 못마땅한 표정으로 보도의 팬 구멍이나 바큇자국 같은 걸 살피면서 걷고 있었지.(그래서 자네가 아직도 돌에 대해 생각하고 있구나 하는 걸 알았다네) 그러는 사이, 라마르틴느라는 작은 길에 들어섰지? 그 길은 시험적으로 석판을 조금씩 겹쳐 붙여 대갈못으로 고정시킨 특별한 방식으로 포장되어 있었지. 그런데 거기에 오자 갑자기 자네의 얼굴이 환해졌어. 그리고 입술이 약간 움직였지. 그래서 나는 '아하, 스테레오토미란 말을 중얼거렸군' 하고 생각했다네. 이 말은 상당히 점잔을 빼는 표현인데, 이런 식의 포장법을 이렇게 부른다고 중얼거렸군 하고 생각한 거지. 또 자네가 이 '스테레오토미' 란 말을 생각했다면 이어서 '어토미(원자)', 더 나아가 에피크로스의 철학설까지 생각이 미쳤을 게 분명해. 왜냐하면 바로 어제도 우린 이 문제에 대해 서로 논했으니까. 그때 내가 말했지? 이 위대한 그리스 철학자가 단지 막연하게 추측한 것이 최근 우주 성운 기원설에 의해 확실하게 증명되었다고. 그렇게 되면 이제 자네는 틀림없이 그 오리온 성좌의 대성운을 올려다보지 않을 수 없을 거야. 그런데 정말 자네는 하늘을 올려다보더군. 나는 생각의 궤도를 제대로 더듬어왔군 하고 크게 자신을 얻었지. 그런데 어제 '뮈제'에 실렸던 그 샹티리에 대한 신랄한 비평 말인데, 그걸 쓴 필자가 말이지, 비극 역을 한답시고 그 구두 수선공이 일부러 이름까지 바꾼 걸 비아냥거리면서 우리가 자주 화제에 올린 라틴어 시 한 줄을 인용하고 있었지.

첫 글자는 예전의 음을 잃었나니.

이 구절은 지금의 오리온(Orion)이란 말을 예전엔 우리온(Urion)이라 했었다는 걸 말하고 있는데, 이 얘기는 언젠가 했었을 거야. 그래서 이 구절과 연관된 그 신랄한 비평을 보고 자네가 이걸 떠올렸으리라 생각했지. 그리고 자네가 오리온과 샹티리라는 두 개념을 연관지어 생각할 거라는 것도 명백했어. 과연 그대로였다네. 자네의 입술에 문득 떠오른 미소로 알 수 있었지. 그 가련한 구두 수선공이 보기 좋게 비난의 표적이 되고 있다는 걸 자네는 생각하고 있었던 거야. 실제로 그때까지 구부정한 자세로 걷고 있던 자네가 그때 갑자기 휙 하고 몸을 젖혔다네. 그래서 두말할 필요도 없이 이건 샹티리의 그 키 작은 모습을 생각한 거로구나 하고 생각했지. 그때였다네. 자네의 생각을 가로막고, '확실히 그쪽은 치수가 너무 짧아. 물론 샹티리를 말하는 거지. 역시 희극 쪽이 어울린다고' 라고 말을 한 거지.」

그러고 나서 잠시 후 우연히 '가제트 데 트리뷰노' 석간을 읽고 있자니, 다음과 같은 기사가 우리의 눈길을 끌었다.

기상천외한 살인사건. 오늘 오전 3시경, 생 로크 구의 시민들은 느닷없이 새어나온 끔직한 비명 소리에 잠에서 깼다. 비명 소리는 모르그가의 한 주택가, 레스파네 부인 모녀가 거주하는 집 4층에서 새어나온 것 같았다. 좀처럼 문이 열리지 않아 다소 늦어지긴 했지만, 현관문을 쇠막대기로 부수고 열 명 정도의 이웃 사람이 두 명의 경관과 함께 뛰어 들어갔다. 그때 이미 비명 소리는 멈추고 들리지 않았지만, 사람들이 1층 계단을 뛰어 올라갔을 때, 건물 위층에서 뭔가 맹렬히 다투는 듯한 거친 외침 소리가 두세 번, 분명히 들렸다고 한다. 두 번째 층계참에 도착했을 땐 이 소리 역시 그쳤고, 주위는 완전히 고요해졌다. 사람들은 각자

흩어져서 이 방 저 방을 샅샅이 뒤졌는데, 4층 뒤쪽의 큰 방에 이르자(이 방의 문도 안쪽으로 잠겨 있어서 가까스로 열었다) 눈뜨고 볼 수 없는 비참한 광경이 펼쳐져 그 자리에 있던 사람들을 몸서리치게 했다.

살림살이는 마구 부서져서 정신없이 흩어져 있고 방안은 발 들여놓을 틈조차 없었다. 침대는 하나밖에 없었는데 이 것도 침구가 벗겨져서 방 한가운데에 팽개쳐져 있었다. 의자 위에는 피로 물든 면도칼 하나가 떨어져 있었다. 벽난로 선반 위에는 흰머리가 섞인 길고 헝클어진 머리칼이 두 줌 가량 뿌리째 뽑혀 있었으며, 이것 역시 핏자국이 묻어 있었다. 바닥에는 나폴레옹 금화가 네 개, 토파즈 귀고리가 한 개, 커다란 은수저 세 개, 양은 티스푼이 세 개, 그리고 금화로 약 4천 프랑이 들어 있는 주머니가 두 개 흩어져 있었다. 구석에 놓여 있는 큰 책상 서랍은 열려 있었고, 물건은 아직 많이 남아 있었지만 분명히 약탈당한 듯했다. 침구(침대가 아닌) 밑에서 발견된 작은 금고는 뚜껑이 열려 있고, 열쇠는 자물쇠 구멍에 꽂힌 채로 있었다. 안의 물건은 깨끗이 사라지고 두세 통의 낡은 편지와 책 몇 권이 남아 있을 뿐이었다.

레스파네 부인의 모습은 어디에도 보이지 않았다. 그런

데 벽난로에 심한 검댕이 보여 굴뚝 속을 찾아보니 딸의 시체가 거꾸로 처박혀 있었다. 머리를 밑으로 한 채 그대로 좁은 구멍 속에 아주 깊숙이 박혀 있었던 것이다. 몸에는 아직 온기가 남아 있었지만 살펴보니 온몸이 심하게 긁혀 있었다. 분명 우격다짐으로 난폭하게 쑤셔 넣으면서 생긴 것으로 짐작되었다. 얼굴도 심하게 긁혀 벗겨져 있었고, 목에는 새까만 멍과 함께 목이 졸려 죽은 듯 깊은 손톱 자국이 나 있었다.

집안을 이 잡듯이 샅샅이 뒤졌지만 그 이상 특별한 것은 발견되지 않았다. 뒤편의 포장된 작은 안뜰로 내려가 보니 부인의 시체가 있었다. 시체는 목이 거의 동강 나 몸을 들어올리자 머리가 떨어져나가 버렸다. 머리와 몸통 모두 무참히 난자되어 있었고, 특히 몸통은 도저히 형체를 알아볼 수 없을 정도였다.

이 소름 끼치는 살인사건에 대해 현재로써는 어떠한 실마리도 발견하지 못한 것 같다.

다음날 신문은 다음과 같은 상세한 기사를 신고 있었다.

모르그가의 참극. 근래에 보기 드문 이 흉악한 사건(사건이란 말은 미국과는 달리 프랑스 신문에서는 여전히 그 심각성을 잃지 않고 있다)에 관해서 많은 인물들이 조사를 받았지만, 아직 해결의 서광은 보이지 않는 것 같다. 오늘까지 수집한 모든 증언은 다음과 같다.

세탁부 포린 뒤브르의 증언

증인은 피해자인 두 모녀의 세탁물을 받아가고 있었기 때문에 최근 3년간, 피해자와 왕래가 있었다. 모녀 사이는 좋았던 것 같다. 아주 다정해 보였다. 요금 지불도 꼬박꼬박했다. 모녀의 생활이나 수입에 관해서는 아무것도 모른다. 레스파네 부인은 생활을 위해서 점을 봐주고 있었던 것 같고, 약간의 재산을 모아놓았다는 소문도 있었다. 세탁물을 받으러 가거나 갖다주러 가곤 했지만 그럴 때, 모녀 이외의 다른 사람을 만난 적은 결코 없다. 따로 고용인을 두고 있는 것 같지도 않았다. 4층을 제외하고 살림살이를 갖추고 있는 곳은 아무 데도 없었던 것 같다.

담배 가게 주인 피에르 모로의 증언

레스파네 부인은 근 4년 가까이 증인으

로부터 담배와 코담배를 조금씩 사가고 있었다. 증인은 이 지역 태생으로 계속 여기에서 살고 있다. 피해자 모녀는 참극이 벌어진 집에서 6년 넘게 살고 있었다. 전에 살던 사람은 보석상으로 위층의 방을 여러 사람에게 세놓고 있었는데, 집은 레스파네 부인의 소유였기 때문에 그녀는 임차인이 멋대로 세놓는 것을 질색하여, 결국 자신이 옮겨와 살게 되었고 후에는 일절 방을 임대하지 않았다. 두 모녀는 활발한 교제를 피하고 있었지만 돈은 꽤 갖고 있다는 평판이었다. 이웃의 소문으로는 레스파네 부인이 점을 봐주고 있다고 하는데 증인은 별로 믿지 않았다. 모녀와 그 외에 운송꾼을 한두 번, 또 의사가 방문하는 것을 수차례 본 것 말고는 출입하는 사람을 본 적이 없다.

그 외에 몇몇 이웃 사람들로부터 대체로 비슷한 증언이 있었지만 어쨌든 누군가 빈번하게 이 집을 드나들었다는 얘기는 한 번도 나오지 않았다. 과연 모녀에게 친척이 있는지 없는지, 그것조차 알 수가 없다. 건물 앞쪽 창문도 덧문이 열려 있었던 적은 거의 없고, 뒤쪽 창문은 4층의 큰 구석방을 제외하고는 완전히 닫힌 채로 있었다. 집은 좋은 편이었으며 그다지 낡지 않았다.

경관 이시도르 뮈제의 증언

오전 3시경, 증인은 와달라는 부탁을 받고 현장으로 가보니 이미 이삼십 명의 사람들이 현관문 쪽에 모여 집안으로 들어가려 하고 있었다. 문은 총검(쇠막대기가 아니라)으로 겨우 비틀어 열었다. 문은 쌍바라지, 즉 양쪽으로 열어젖히게 되어 있었고, 위아래 모두 빗장은 걸려 있지 않았기 때문에 그다지 힘들이지 않고 열 수 있었다. 문이 열리기까지 비명 소리는 계속되고 있었는데, 문이 열림과 동시에 멈추었다. 짤막하게 끊어지는 비명이라기보다 높고 길게 이어지는 한 사람 혹은 한 사람 이상의 격한 고통의 비명 소리를 들었다.

증인이 선두에 서서 계단 위로 올라갔다. 첫 번째 층계참에 이르자, 격하게 싸우는 듯한 날카로운 소리가 들렸다. 하나는 몹시 거칠고, 또 하나는 날카로운 아주 이상한 목소리였다. 전자는 다소 말을 알아들을 수 있었는데, 그것은 프랑스인의 목소리 같았다. 단, 여자의 목소리가 아닌 것은 틀림없었다. 알아들은 말은 「젠장!」이라는 것과, 「빌어먹을!」이라는 것이었다. 날카로운 쪽은 외국인의 목소리였는데, 남자 목소리인지 여자 목소리인지 확실치가 않았다. 무슨 말을 하는지는 알 수 없었지만 아무래도 스페인어 같았다. 증인이 말한 실내의 상황과 시체 상태에 관해서는 어제 보도한 바와 같다.

이웃의 은세공사 앙리 뒤바르의 증언

증인은 처음 집안으로 들어간 사람 중 하나인데, 대체로 뮈제의 증언과 같다. 증인은 집안으로 들어가자마자 다시 문을 닫았다. 심야임에도 불구하고 떼지어 몰려온 군중을 몰아내기 위해서였다. 날카로운 쪽의 목소리는 이탈리아 어였다고 증인은 생각한다. 프랑스어가 아닌 것은 확실하 지만 남자 목소리였는지는 분명치 않다. 여자였을지도 모 른다. 증인은 이탈리아어를 모르고 한 마디도 알아들을 수 없었지만, 억양으로 보아 이탈리아어였을 것이라고 확신 한다. 피해자는 두 증인과 모두 아는 사이이고 얘기를 나눈 일이 자주 있었다. 때문에 날카로운 목소리가 피해자의 목 소리가 아닌 것은 확실하다.

음식점 주인 오덴하이마의 증언

이 증인은 스스로 증언을 하겠다고 나섰는데 프랑스어를 잘 못해서 통역을 거쳐 질문을 받았다. 증인은 암스테르담 태생이었다. 우연히 피해자의 집 앞을 지나치다가 비명 소리를 들었다. 몇 분 동안, 한 10분쯤은 지속되었다. 길고 높은 비명 소리였다. 등골이 오싹하는 것이었다. 마찬가지로 집안에 들어갔던 사람들 중 하나인데, 단 한 가지를 제외하고는 모두 앞에서 언급한 증언과 같았다. 한 가지라는 것은 날카로운 목소리가 남자의, 그것도 프랑스인의 목소리라고 확신하는 것이다. 하지만 말은 알아듣지 못했다. 빠르고 높은 음조에 ─ 고저의 변화가 심하고 ─ 화를 내는 것도 같고 공포의 비명으로도 들렸다. 귀에 거슬리는 ─ 날카롭다기보다도 귀에 거슬리는 목소리였다. 날카롭다는 표현은 어울리지 않는다. 거친 목소리 쪽은 몇 번이나 되풀이해서 「제기랄!」, 「빌어먹을!」이라고 하고, 한 번은 「이놈!」이라고도 외쳤다.

드로렌느가, 미뇨(부자) 은행의 은행장, 쥬르 미뇨(아버지)의 증언

레스파네 부인에게는 약간의 재산이 있고, 8년 전 봄에, 그의 은행과도 거래를 했다. 예금은 소액씩 자주 했었고, 죽기 이틀 전까지 한 번도 돈을 찾은 적이 없었는데, 그날 처음으로 직접 와서 4천 프랑을 찾아갔다. 돈은 전부 금화로 지불되었고 은행원 한 사람이 그것을 집까지 배달해 주

었다.

미뇨 은행의 행원, 아돌프 르봉의 증언

그날 정오경, 레스파네 부인과 동행하여 두 개의 주머니
에 넣은 4천 프랑을 집으로 배달해 주었다. 현관문이 열리
자, 레스파네 양이 얼굴을 내밀고 그의 손에서 한쪽 주머니
를 받아갔으며 또 하나는 부인에게 건네주었다. 곧바로 그
는 인사를 하고 집을 나섰는데, 그때
거리에는 사람 그림자 하나 없었
다. 뒷골목에 위치해 있어서 인적
이 드문 곳이다.

양복점 윌리엄 버드의 증언

집안으로 뛰어 들어간 사람 중 하나이다. 영국인이며 2
년째 파리에서 살고 있다. 선두에 서서 계단을 올라갔으며
문제의 말다툼하는 소리는 확실히 들었다. 거친 목소리 쪽
은 프랑스인의 음성으로 몇 마디 알아들은 말도 있었지만
모두 기억할 수는 없다. 그러나 「빌어먹을!」이라고 한 것
과, 「이놈!」이란 두 마디는 확실하게 들었다. 동시에 몇 사
람이 서로 엉겨붙어 다투는 듯한 소리가 들렸다. 날카로운

목소리는 아주 높은 소리였으며, 거친 목소리보다 한 단계 높았다. 영국인의 목소리가 아닌 것은 확실하고, 독일인이 아니었을까 싶다. 혹은 여자 목소리였을지도 모른다. 증인은 독일어를 모른다.

상기한 네 명의 증인은 나아가 당시의 기억을 다시 떠올려보고 다음과 같이 증언했다.

레스파네 양의 시체가 발견된 방의 문은 사람들이 올라갔을 때 안으로 열쇠가 잠겨 있었다. 그때는 이미 소란이 완전히 가라앉은 상태였고, 신음 소리고 뭐고 아무 소리도 나지 않았다. 문을 억지로 열고 들어갔을 땐 아무도 보이지 않았다.

건물의 앞쪽 방이나 뒤쪽 방 모두 창문은 닫혀 있고 안쪽으로 꼭 잠겨 있었다. 두 방의 칸막이 문 역시 닫혀 있었지만 열쇠는 걸려 있지 않았다. 건물 앞쪽 방에서 복도로 나가는 문은 잠겨 있었고 열쇠는 안쪽에 꽂혀 있었다. 4층 복도의 맨 끝, 건물 앞쪽의 작은 방은 문이 조금 열린 채로 있었다. 방안은 낡은 침대나 오래된 상자 등, 잡동사니로 가득 차 있었다. 이것들도 찬찬히 들춰가며 잘 살펴보았다.

집안은 어느 곳 하나 세밀하게 조사하지 않은 구석이 없었다. 굴뚝 속도 깨끗하게 청소했다. 집은 다락방이 있는 4층 집이고, 다락방의 문은 못으로 단단히 잠겨 있었으며 최근 몇 년간은 열어본 흔적이 전혀 없었다.

말다툼하는 소리를 들었을 때부터 방의 문을 밀쳐 부수고 들어가기까지의 시간은 증인에 따라 진술이 제각각이었는데, 어떤 사람은 기껏해야 3분이라고 하고 어떤 사람은 5분이라고 했다. 문을 여는데 시간이 좀 걸렸던 것이다.

장의사 알퐁소 카르시오의 증언

증인은 모르그가의 거주자이며 스페인 태생으로, 역시 사건 당일날 옥내로 들어갔던 사람이다. 단, 위층에는 올라가지 않았다. 매우 신경이 예민해서 지나치게 흥분할까 봐 염려됐기 때문이다. 다투는 소리는 들었다. 거친 목소리는 프랑스인이었는데 말은 잘 이해할 수 없었다. 날카로운 목소리는 영국인, 이것은 틀림없다. 영어는 알아듣지 못하지만 억양으로 그렇다는 걸 알았다.

과자점의 알베르토 몬타니의 증언

앞장서서 층계를 올라간 사람 중 하나이다. 문제의 목소리를 들었다. 거친 목소리는 프랑스인이었다. 조금은 알아들을 수 있었는데 뭔가 야단치고 있는 듯한 어조였다. 날카로운 쪽의 말은 전혀 알 수가 없었다. 굉장히 빠른 어조로 높낮이의 변화가 심했다. 아무래도 러시아인 목소리 같았다. 전반적으로는 다른 증인들의 말과 같았다. 증인은 이탈리아인으로 러시아인과 얘기한 적은 없다.

나아가 몇몇 증인이 다시 호출을 받고 추가 증언을 했다.

4층 각방의 굴뚝은 너무 좁아서 절대로 사람이 통과할 수는 없다. 청소라 해도 굴뚝 청소부가 사용하는 원통형 솔로 위아래를 쑤실 뿐이다. 일동이 계단을 오르는 사이 누군가 뒤로 내려갔을 수도 있지만 그럴 만한 뒷문은 결코 없다. 레스파네 양의 시체는 굴뚝 안에 말뚝처럼 꽉 박혀 있었기 때문에 네댓 명이 힘을 합쳐 겨우 잡아 끌어내릴 수 있었다.

의사 폴 뒤마의 증언

새벽녘쯤 증인은 부름을 받고 부검을 하러 갔다. 두 모녀의 시체는 레스파네 양의 시체가 발견됐다고 하는 방의 침대 위에 눕혀져 있었다. 딸의 시체는 타박상이 심하고 피부가 벗겨져 있었다. 굴뚝 안에 억지로 쑤셔넣었으니 그럴 만도 했다. 목에도 심한 찰과상이 있었고, 턱 바로 밑에는 손톱 자국으로 보이는 납빛의 반점과 함께 몇 줄인가 깊게 할퀸 자국이 나 있었다. 얼굴 피부는 처참할 정도로 변색되어 있었고 안구는 튀어나와 있었다. 혀는 반쯤 물려 잘려나갔고, 명치 부분엔 무릎으로 세게 차이기라도 했는지 멍이 크게 들어 있었다.

그의 의견으로는 레스파네 양은 누군가 한 사람 혹은 몇 사람의 범인에 의해 교살되었음이 틀림없다는 것이었다. 모친의 시체는 차마 눈뜨고 볼 수 없을 정도로 무참히 토막나 있었다. 오른쪽 다리, 오른팔의 뼈는 모두 조금씩 부서져 있었고, 왼쪽 목뼈와 왼쪽 늑골은 심하게 꺾여 있었으며 전신이 엄청난 타박상을 입고 변색되어 있었다. 어떻게 이런 상처를 입게 되었는지 알 수가 없다. 무거운 나무 곤봉이나 굵은 철봉, 혹은 의자, 아니면 다른 크고 무거운 둔기를 아주 힘센 남자가 휘둘렀다고 한다면 이런 상처가 났을지 모른다. 그러나 여자의 힘으로는 설사 어떤 무기를 사용했다 해도 도저히 이런 상처는 날 수가 없는 것이다. 부인의 머리는 증인이 봤을 땐 완전히 몸통에서 떨어져나가 있었고 처참하게 부서져 있었다. 목은 뭔가 상당히 예리한 칼날, 아마 면도날 같은 것으로 베었을 것이다.

외과의사 알렉산드르 에티안느도 부름을 받고 뒤마와 함께 시체를 조사했는데 뒤마의 증언과 의견을 뒷받침할 뿐이었다.

그 밖의 몇 사람이 추가로 조사를 받았지만 더 이상 새로운 사실은 밝혀내지 못했다. 여러모로 기괴하고 수수께끼 같은 살인사건 ─ 만약 진짜 살인이 저질러진 것이라면 ─ 은 파리에서도 전대미문의 일이라 하지 않을 수 없다. 경찰도 완전히 손을 든 상태인데 이런 종류의 사건으로서는 정말로 보기 드문 일이다. 아직 단서는 전혀 찾을 수가 없다.

그날의 석간은, 생 로크 거리는 아직도 흥분이 가라앉지 않은 상태이며 ─ 문제의 현장은 신중하게 재수사를 하고, 증인에 대한 조사도 다시 실시됐지만 아무 효과도 없었다는 보도를 하고 있었다. 그런데 마지막에 아돌프 르봉이 기

존의 보도 사실 외에 그를 용의자로 볼 만한 근거가 없음에
도 불구하고 체포, 구류되었다고 보도하고 있었다.

뒤팽은 이 사건의 진행에 묘한 흥미를 느끼고 있는 것 같
았다. 특별히 입 밖으로 무슨 말을 한 건 아니지만 그의 모습
에서 나는 짐작을 할 수 있었다. 그가 이 사건에 대해 나의
견해를 구한 건 르봉이 체포되었다는 소식을 접한 후였다.

이번 사건이 수수께끼 같은 괴사건이라는 것에 대해서는
나도 파리 전체와 같은 의견이라고 할 수 있었다. 나로서도
범인을 찾아낼 방도는 전혀 알 수가 없는 것이다.

「이런 수박 겉 핥기식 수사로 방법을 판단해서는 안 되
지」하고 뒤팽은 말했다.

「날렵하기로 소문난 파리의 경찰도 단지 잔재주만 피울
뿐, 그 이상은 없단 말이야. 뭐든 주먹구구식으로 처리하려
고만 들고 수사에 도무지 방법론이라는 게 없다고. 하기야
그럴 듯하게 수사방법이란 걸 늘어놓고는 있지만, 유감스
럽게도 많은 경우, 당면한 목적에는 전혀 도움이 되지 않
지. 그래서 생각이 난 건데, 음악을 더 잘 들을 수 있도록
실내복을 갖고 오게 했다는 그 쥬르당 선생의 얘기 말이야.
하긴 그들이 올리는 성과는 때론 놀랄 만하지. 그러나 대부
분 그건 힘든 걸 마다 않고 부지런히 움직인 덕분에 불과한

거야. 그러니까 그것이 소용이 없으면 수사계획 자체도 소용이 없어지지.

가령 비도크 말일세, 그는 추측도 잘하고 끈기도 강한 남자였지. 그러나 지혜가 없는 탓에 조사에 열심이면 열심일수록 도리어 실패만 하게 된 거라네. 즉 대상을 너무 코앞으로 가져와서 오히려 보이지 않게 만든 거야. 국부의 한 점 한 점은 보통 사람 이상으로 확실히 보였을 테지만, 덕분에 반드시 문제 전체를 간과해 버리지.

즉 사물에는 지나친 생각이라는 게 있다는 걸세. 진리는 항상 밑바닥에 있는 것이 아니라 오히려 소중한 지식이라는 건 늘 표면에 있다고 나는 믿고 있어. 깊이는 우리들이 진리를 찾아 헤매는 계곡 사이에 있는 거지, 진리가 발견되는 산꼭대기에서는 털끝만큼도 찾아볼 수 없지. 이러한 오해는 육안에 의한 천체 관측에서도 볼 수 있다네. 별이란 건 옆 눈으로 보는 것이─망막의 바깥쪽을 별을 향해 돌려서 보는 것(즉, 안쪽보다는 바깥쪽이 약한 빛을 더 잘 느끼니까)이 별을 가장 확실하게 보는 법이네.(빛이 제일 잘 보이는 방법이다) 눈을 정면으로 향함에 따라 빛은 오히려 약해지는 거지. 물론 그 편이 빛이 들어오는 양은 크지만, 빛을 포착하는 능력에선 전자의 방법이 훨씬 나은 것이라네. 심각함도 정도가 지나치면 도리어 생각을 헷갈리게 하고 약하게 하는 것이라네. 정면으로 너무 오래 뚫어져라 쳐다보고 있으면 하늘의 큰 샛별도 사라질지 모르는 일이야.

그런데 이번 사건에서 말이지, 우리의 견해를 모으기 전에 한번 직접 나서서 조사해 보지 않겠나? 우리는 조사하는 게 하나의 즐거움이니까.(나는 즐거움이란 단어가 이런 땐 좀 어울리지 않는다고 생각했지만, 아무 말도 하지 않았다) 게다가 나는 르봉에게 전에 도움을 받은 적이 있다네. 그 은혜는 잊지 않고 있지. 그러니 현장을 한번 우리 자신의 눈으로 둘러보지 않겠나. 다행히 나는 경찰국장 G씨를 알고 있다네. 필요한 허가를 받는 것은 어렵지 않을 거야.」

허가는 얻을 수 있었다. 우리는 그 즉시 모르그가로 발걸음을 옮겼다. 그곳은 리슐리으가와 생 로크가 사이에 있는 흔히 볼 수 있는 초라한 거리였다. 우리가 사는 곳에서는 상당

히 떨어져 있었기 때문에 도착했을 때 이미 오후를 훌쩍 넘긴 시간이었다.

집은 곧 찾을 수 있었다. 막연한 호기심으로 집을 기웃거리는 구경꾼들이 아직 길 저편에 모

여 닫혀진 창을 올려다보고 있었기 때문이다. 파리에서 흔히 볼 수 있는 지극히 평범한 집이었다. 현관문이 있고 그 옆에는 유리창이 달린 문지기 방이 있었다. 창은 미닫이문으로 되어 있었고 거기에 '문지기 방'이라고 쓰여 있었다. 집에 들어가기 전에 우리는 건물을 지나 오솔길로 들어가, 모퉁이를 돌아서 집의 뒤편으로 나왔다. 그 사이에도 뒤팽은 문제의 집뿐만 아니라 그 부근까지, 무슨 목적인지 물론 나는 알 수 없었지만, 아주 세심한 주의를 기울여 조사하고 있었다.

그러고 나서 우리는 다시 발길을 돌려 집 앞으로 와서 벨을 울리고, 허가증을 보이자 감시인은 곧 안으로 들여보내 주었다. 계단을 올라가, 레스파네 양의 시체가 발견되었다고 하는 방으로 들어가자 아직 두 사람의 시체가 그대로 놓여 있었다. 방안의 모습은 이런 사건의 경우 으레 그렇듯이, 현장 그대로 보존되어 있었다.

'가제트 데 트리뷰노'지가 보도한 것 외에 새로운 건 아무것도 없었다. 뒤팽은 피해자들의 시체는 물론, 방안 구석까지 세심하게 조사해 갔다. 다음에는 다른 방들도 조사하고 안뜰에도 나가 보았다. 그 사이에도 경관 한 사람이 줄곧 따라붙었다. 조사는 어두워질 때까지 계속됐는데 거기에서 우리는 일을 멈췄다. 그리고 돌아가다가 뒤팽은 불쑥 어느 일간 신문사에 들렀다.

앞에서도 말했듯이 뒤팽의 변덕이란 정말 당해낼 도리가 없는 것이어서, 대체로 나는 'Je les ménageais' — 이것에 딱 들어맞는 영어 표현을 좀처럼 찾을 수가 없다 — 즉, 건드리지 않고 내버려두고 있다. 그런데 그때도 무슨 바람이 불었는지 다음날 정오경까지 그는 살인사건에 대해서는 입도 뻥긋하질 않는 것이다. 그러다가 갑자기 내게 물었다. 그 처참한 현장에서 뭔가 묘하고 특이한 점을 발견하지 못했느냐고.

'묘하고 특이한 점'이라는 이 말에 특히 힘을 준 그의 모습에는 왠지 모르게 나를 오싹하게 하는 것이 있었다.

「아니, 특별히 이상한 점이라고는 아무것도 없었네 신문에 나와 있었던 것 외에는 전혀!」

「그 가제트의 기사는 말이지, 이 처참한 사건의 특이한 면을 잘 파악하고 있지 못한 것 같아. 하지만 신문의 그런 시시한 보도 따윈 아무래도 좋아. 이 사건에 대해 말하자면 해결이 아주 쉬울 거라는 생각이 드는데 바로 그 때문에, 즉 사건이 특이하기 때문에 오히려 해결 불가능한 것처럼 보이는 거라고 나는 생각한다네. 사실 사건 자체보다도 어째서 이런 흉악한 짓을 저지르지 않으면 안 되었는지 그 동기를 좀처럼 추측하기 힘들어서 경찰은 몹시 당황하고 있는 거지.

덧붙이자면 뭔가 말다툼하는 소리가 들렸다는 것과, 그러면서도 위층에서는 레스파네 양의 시체 외엔 누구 하나 보이지 않았다는 것, 게다가 올라간 사람들 눈에 띄지 않고서는 집 밖으로 나갈 길이 없다라고 하는 이러한 사실들을 도저히 제대로 연관지어 생각할 수 없기 때문에 이것이 바로 수수께끼를 낳고 있는 것이라네. 방안은 마구 어질러져 있고, 시체가 굴뚝 속에 거꾸로 처박혀 있고, 거기에 부인의 시체는 처참하게 난자되어 있다, 라는 이러한 사실들이 말일세. 위에서 언급한 사정이나, 또 새삼 다시 말할 필요도 없는 그 외의 여러 정황들과 한데 얽혀 평소에는 날렵함을 자랑하는 경관 나리들조차 꼼짝 못하게 하고 있는 것이지.

말하자면 단지 색다르다는 것과 매우 난해하다는 것을 혼동해 버려서 어처구니없는, 또 흔히 있을 수 있는 과오에 스스로 빠져버린 거야. 그런데 인간의 이성이 말일세, 사물의 진상을 찾아 탐색해 간다고 할 때, 흔하디흔한 면에서 일탈한 점이야말로 바로 실마리가 될 수 있는 거지. 따라서 우리가 지금 하고 있는 수사에 있어서도 주목해야 될 것은,

'무엇이 일어났는가?' 하는 것보다는 오히려 '예전에 일어난 적이 없는 어떤 일이 일어났는가?' 하는 것일세. 조만간 나는 수월하게 이 수수께끼를 풀어보이겠네. 아니, 이미 다 푼 상태이기는 하지만 말이야. 즉 경찰의 눈에 해결 불가능하게 보이는 것일수록 사실은 도리어 쉽다고 할 수 있지.」

나는 놀라서 할말을 잃은 채 그를 바라보고 있었다.

「나는 지금 누구를 기다리고 있다네」 하고 그는 방문 쪽을 바라보면서 말을 이었다.

「그 남자는 아마도, 그래, 이 범행의 장본인은 아닐지 모르지만 어느 정도 이 범행에 관여한 사람인 것은 틀림없어. 하긴 범죄의 최악의 부분과는 관계가 없겠지만. 이러한 생각이 절대 잘못된 생각이 아닐 거야. 나는 그 가정하에 서서 이 수수께끼 전체를 풀려는 의도니까. 그 남자는 말이지, 이제 조만간 이 방에 모습을 드러낼 거라고 생각해. 어쩌면 오지 않을지도 모르지. 그러나 틀림없이 올 걸세. 만약 그가 온다면 말이지, 그를 반드시 붙잡아두어야 해. 자, 자네 권총일세, 어떻게 사용하는지는 잘 알고 있겠지?」

나는 거의 멍한 태도로 그의 말을 진짜 믿었던 것도 아니면서 나도 모르게 권총을 손에 쥐고 있었다. 그 사이에도 뒤팽은 여전히 혼잣말하듯이 계속 중얼거리고 있었다. 이런 때에 그가 일종의 망아의 경지에 빠진다는 건 전에도 말한 적이 있다. 겉보기엔 분명 나에게 얘기를 하고 있는데, 목소리는 별로 크다고 할 수 없지만 마치 멀리 있는 사람에게 말을 걸듯이 독특한 억양을 띠는 것이다. 눈은 완전히 표정을 잃고 단지 가만히 벽만 응시하고 있다.

「그런데 모두가 계단에서 들었다고 하는 그 다투는 듯한 비명 말인데, 그것이 살해당한 모녀의 목소리가 아닌 것은 증언에 의해서 분명히 증명되었지. 그러니까 모친 쪽이 먼저 딸을 살해해 놓고, 그리고 나서 자살한 것이 아니냐 하는 의구심은 완전히 풀어진 거지. 나는 살인수법을 생각해 보자는 것이네. 레스파네 부인의 힘으론 도저히 딸의 시체를 그런 식으로 굴뚝에 처박을 수는 없을 것이고, 부인의 몸에 난 상처 또한 자살이라는 것과는 전혀 어울리지 않아. 이렇게 보면 살인은 제삼자가 되는 거지. 그리고 이 제삼자의 목소리야말로 말다툼이라고 들린 그 목소리임에 틀림없어. 자, 여기에서 말이지 다음은 그 목소리인데, 증언 자체는 별 문제가 안 되고 문제는 그 증언 속에 특별한 점이 한 가

지 있다네. 자네는 그 증언 속에서 어떤 이상한 것을 전혀 느끼지 못했나?」

나는 말했다. 나도 깨달은 점이 있기는 한데, 거친 목소리 쪽이 프랑스인 같다는 것, 그것에는 모든 증인이 일치하고 있으면서도 다른 한쪽의 날카로운 아니, 어떤 증인은 몹시 귀에 거슬린다고도 한 그 쪽에 대해서는 상당한 의견 차이가 있었다고 지적했다.

「아니, 그건 말이지, 증언 자체의 얘기이지. 그 증언의 특이한 점은 아니라네. 결국 자네는 어떤 이상한 점도 느끼지 못했던 것 같군. 하지만 크게 주의할 만한 점이 있었을 걸세. 자네가 말한 대로 그 거친 목소리에 대해서는 증인의 의견이 모두 일치했지. 이른바 만장일치라는 것이지. 그런데 다른 쪽, 그 날카로운 목소리에 대해서 이상한 점이란 의견이 다르다는 것이 아니라 그것보다는 증인들이, 이탈리아인이나 영국인, 스페인인, 네덜란드인, 프랑스인 모두 그것을 설명하면서 한결같이 외국인의 목소리라고 증언하고 있다는 것이네. 모두들 자기 나라 말이 아닌 것만큼은 확신하고 있어. 또 이렇게도 생각하고 있지. 자신이 그 언어를 알고 있는 나라 사람이 아니라고. 즉 그 반대인 것이야.

프랑스인은 스페인인의 목소리였다고 하고, 만약 자신이

스페인어를 할 수 있다면 조금은 알아들을 수 있었을 텐데, 하고 말하는 것 말이야. 네덜란드인은 그 사람대로 프랑스인의 소리라고 주장하는데, 그러면서도 진술서에 의하면, 본 증인은 프랑스어를 알지 못하기 때문에 통역을 통해서 조사를 받았다고 되어 있지. 영국인은 독일인의 목소리였다고 했지만 이 남자 역시 독일어는 모른다는 거야. 한편 스페인 사람 말로는 확실히 영국인의 목소리였다고 하지만 단, 그것은 억양으로만 판단한 것이라고 하지. 이탈리아인은 또 러시아인의 목소리라고 믿고 있는데, 그러면서도 러시아인과 얘기한 적은 한 번도 없는 것이라네. 게다가 또한 명의 프랑스인으로 말하자면, 앞의 프랑스인과도 또 다르다네. 이쪽은 확실히 이탈리아인이었다고 판정하고 있어. 하긴 이탈리아어를 모르니까, 단지 억양만으로 판단한 것은 앞의 스페인 사람과 마찬가지지.

그러고 보면 말일세, 그 목소리란 게 도대체 얼마나 불가사의하기에 이러한 기묘한 증언들을 하겠는가 말이지. 그 음조를 귀로 들으면서 유럽 5개국 사람 누구도 전혀 짐작이 가지 않는다고 하니 말이야! 하지만 혹 아시아인의 목소리였을지도 모르고―아니, 아프리카인의 목소리였을지도 모르지. 요컨대 얼마든지 다른 경우도 생각할 수 있어. 그런데 파리에는 아시아인이나 아프리카인은 별로 없거든. 그렇지만 뭐, 그러한 가능성도 우선은 배제하지 않기로 하고, 단지 다음의 세 가지 점을 주의해 주었으면 한다네.

즉, 어떤 증인은 '날카롭다기보다는 귀에 거슬리는 목소리'라고 했고, 다른 두 명은 '빠른 말투로, 높낮이의 변화가 심한 목소리'였다고 진술하고 있다는 것. 말—그래, 적어도 말 같은 소리는 하나도 귀에 들어오지 않았다는 이 점에서는 모든 증인이 일치하고 있는 거지.

이상, 내가 말한 것이 자네에게 어떤 인상을 주었는지 모르겠지만, 한 가지 내가 주저 없이 말할 수 있는 것은, 이러한 증언—즉, 거친 목소리와 날카로운 목소리에 관한 이러한 증언들만 가지고도 그것으로부터 합리적인 추론을 할 수만 있다면, 앞으로 이 사건의 해결에 하나의 방향을 부여하는 실마리가 될 거라고 장담한다는 것이네. 방금 내가 합리적인 추론이라고 말했지. 그러나 내가 말하고 싶은 의미는 그것만으로는 충분치가 않아. 즉, 내가 말하고 싶은 말은 그 추론이란 유일하게 올바른 추론이고, 따라서 혐의의 실마리란 거기에서 나오는 유일한 결과라는 거지. 그 혐의의 실마리가 무엇인지는 잠시 동안 말하지 않겠네. 다만 꼭 기억해 두었으면 하는 것은, 나에게 있어 그것은 사건현장에 대한 조사에 어떤 일정한 형태, 혹은 어떤 일정한 경향을 부여해 줄 만큼 충분히 설득력이 있었다는 거지.

가령 우리 두 사람이 그 방에 갔다고 가정해 보세. 우선 첫째로 무엇을 찾아볼까? 물론 범인들의 도주 방법일 거야. 그런데 우리는 둘 다 초자연적인 현상 같은 건 믿지 않는다고 할 수 있지. 즉 레스파네 모녀는 망령이나 악마 등에 의해 살해당한 것이 아니야. 바꾸어 말하면 범인은 어엿한 실체가 있는 존재인 것이지.

자, 그렇다면 도대체 어떻게 해서 도망간 것일까? 다행히 이 점에 대해서는 오직 하나의 추리 방법이 있고, 그 방법이 어쨌든 일정한 결론으로 이끌어주는 것이지. 자, 한번 여러 가능한 도주 방법을 하나씩 검토해 보세.

우선 첫째로, 사람들이 계단을 올라갔을 때 범인들은 레스파네 양의 시체가 발견된 방이나, 아니면 적어도 그 옆방에 있었을 거야. 이렇게 보면 우리들이 찾고 있는 출구라는 건 반드시 이 두 개의 방에 있어야겠지. 경관들은 마루나 천장은 물론이요, 벽면까지 모든 곳을 다 뜯어보았지. 설사 비밀 출구 같은 게 있었다 해도 이놈들은 도저히 그들의 눈을 벗어날 수 없었을 거야. 하지만 나는 결코 그들의 눈을 신용하지 않고 내 자신의 눈으로 검토해 보았다네. 그러나 역시 비밀 출구 같은 건 하나도 없었어. 방에서 복도로 나오는 문은 양쪽 모두 분명히 잠겨 있었고, 게다가 열쇠는 안쪽에 있었지.

다음에는 굴뚝일세. 이쪽은 난로에서 3, 4미터까지는 보통 넓이인데, 더 위쪽으로 가면 커다란 고양이라도 도저히 빠져나갈 수가 없지. 그러니까 지금 말한 출구들이 모두 불가능하다면 다음은 창문밖에 없는 거야. 그런데 이것도 앞쪽 방의 창문이라면 몰려든 사람들 눈에 띄지 않고 도망친다는 건 글쎄, 도저히 생각할 수 없는 거라고. 그렇다면 이제 범인들은 뒤쪽 방의 창문으로 도망가는 수밖엔 달리 방법이 없을 거야. 그런데 이만큼 명료한 방법으로 이러한 결론에 달한 이상, 그것이 불가능할 것 같다는 이유만으로 포기하는 건 우리 추리가로서 말이 안 되는 일이지. 오히려 우리가 해야 할 일은 언뜻 불가능해 보이는 이 일이 사실은 결코 그렇지가 않다는 걸 증명하는 것이네.

그 방에는 창문이 두 개 있다네. 한쪽은 가구로 가려져 있지 않아 창 전체가 드러나 있지. 그런데 다른 한쪽은 아주 큰 침대의 머리 부분이 창문에 바짝 붙어 있어서 아래쪽은 가려서 보이지 않아. 첫 번째 창문은 안쪽으로 단단히 잠겨 있었다네. 밀어올리려고 무척 애를 썼지만 소용없었어. 창틀 왼쪽에 뚫린 커다란 송곳 구멍에 못이 거의 끝부분까지 단단히 박혀 있었거든. 다른 한쪽 창도 조사해 보니 이것도 마찬가지로 못이 박혀 있었다네. 그리고 창틀을 밀어올리려고 했지만 이것 역시 소용없었어. 그런데 여기까지 오면 경관 나리들은 말이지, 이쪽 편의 탈출구는 없다고 무조건 단정해 버리고 마는 거야. 따라서 못을 빼고 창문을 열어본다는 건 쓸데없는 짓이라고 생각해 버리는 거지.

하지만 내 조사는 더 면밀했다네. 이유는 앞에서 말한 대로, 즉 여기에 바로 불가능해 보이는 현상이 실은 절대 그렇지 않다는 걸 증명하는 필연적인 열쇠가 있다고 생각했기 때문이지.

이런 식으로 나는 이른바 귀납적으로 생각을 밟아나간 것이지. 어쨌든 범인은 이 두 개의 창문 중 어느 한쪽으로 도망친 게 틀림없어. 그러나 이 경우 창문은 제대로 닫혀 있는데 그런 식으로 다시 안쪽에서 잠근다는 건 생각하기 힘든 일이야. 이 점은 명료하기 때문에 경관들은 그대로 이곳의 조사를 중단해 버린 것이고. 그러나 어쨌든 창문은 잠겨 있었네 그렇게 되면 창문이 저절로 잠겼다는 얘기밖에 안 돼. 이 결론만큼은 움직일 수 없는 것이지. 나는 전면이 다 드러나 있는 창 쪽으로 가서 힘은 좀 들었지만, 못을 빼고 창틀을 올려보았다네. 있는 대로 힘을 썼지만 예상대로 움직일 수가 없었어. 그때 '이건 어딘가에 분명히 비밀 용수철이 있을 거야' 하는 생각이 들더군. 이런 식으로 생각이 뒷받침되니, 적어도 내 전제가 잘못되지는 않았다는 확신을 얻게 되었지. 하긴 못에 관해선 여전히 알 수 없는 부분이 많이 있었지만, 그건 뭐 별개의 문제고. 그래서 세심하게 조사를 해보니 정말로 비밀의 용수철이 발견됐다네. 나는 바로 눌러보았지만 발견됐다는 것에 만족하고 창틀을 올려보지는 않았어.

나는 다시 못을 원상태로 박아놓고 자세히 관찰했지. 만약 사람이 이 창문을 통해 나갔다면, 그것을 다시 닫았을 수도 있고, 또 용수철도 자연히 걸렸을 거야. 그러나 못을 원상태로 박아놓는 것, 이것만은 아무래도 불가능할 터. 이것은 명명백백한 사실이지. 여기에서 그렇게 되면 나의 조사 범위는 또 하나 좁혀진 거지. 즉 범인은 다른 한쪽의 창으로 도망친 것이 틀림없다는 사실. 그런데 만약 양쪽 창틀의 용수철이, 대부분 그렇지만 완전히 같다고 한다면 다음은 양쪽 못에, 혹은 그 박아넣은 방식에 뭔가 틀림없이 차이가 있을 것이야. 나는 침대 위로 올라가 침대 머리판 너머로 다른 한쪽의 창틀을 유심히 살펴보았지. 머리판 뒤로 손을 넣어보니 용수철이 곧 만져졌고 나는 바로 눌러보았다네. 생각했던 대로 그것은 바로 첫 번째 창의 용수철과 완전히 같은 것이었다네. 그래서 이번에는 못을 조사해 보았지. 이것도 역시 앞의 것과 마찬가지로 아주 단단했고 똑같은 방식으로 박아놓았더군. 즉, 거의 끝부분까지 박혀 있었어.

자네는 내가 낭패를 보았다고 생각하겠지? 만약 자네가 그렇게 생각한다면 그건 귀납법의 성질을 전적으로 오해하고 있는 거지. 다시 말해 사냥꾼식으로 말하자면, 과거에도 현재도 나는 한번도 '실수를 저지른' 적이 없었어. 즉 냄새나는 뒤꽁무니를  놓친 일이 없단 말이지. 이 경우 역시 사슬의 고리는 아직 하나도 끊어진 게 아니야. 나는 비밀의 실체를 추적하며 궁극적인 결과에 이르렀지. 그리고 그 결과는 못이었어. 그런데 그 못은 보아하니 다른 쪽 창의 것과 모든 점에서 같았네. 하지만 그런 사실은,(결정적인 것으로 보일지는 모르지만) 더듬어온 실마리의 선이 드디어 이때, 이 부분에서 거의 종착점에 도달했다고 생각하니 전혀 문제가 되지 않았다네.

　'틀림없이 이 못엔 뭔가 이상한 점이 있을 거야' 라고 나는 생각했어. 그래서 손을 좀 대보니, 과연 사분의 일 정도 다리가 붙은 채 못 머리가 떨어지는 게 아닌가. 나머지는 부러진 채로 구멍 속에 남아 있었는데, 그 부러진 면이 녹슬어 있는 점으로 보아 꽤 오래 전의 일인 것 같아. 망치로 두드려 아래 창틀에 박을 때 부러진 것 같더군. 나는 그 못 머리를 빠진 구멍에 살짝 다시 꽂아봤다네. 역시 겉보기에는 보통 못과 조금도 다르지 않아. 부러진 부분이 전혀 보이지 않는 거야. 나는 용수철을 누르고 창틀을 10센티미터 정도 살짝 올려보았지. 못 머리가 확실히 구멍에 꽂힌 채 창을 따라 올라오는 것이 아니겠나. 이번에는 창을 닫아보았다네. 그러자 못은 기가 막히게 다시 원상태로 하나가 되는 거야.

　여기까지 수수께끼는 훌륭하게 풀어진 셈이지. 즉 범인은 말일세, 침대 가의 창을 통해 도망친 거야. 창문은 범인이 나간 후에 자연히 닫히고(아니면 일부러 닫은 것일까?) 그대로 용수철로 고정된 거지. 때문에 경관들은 못으로 굳게 잠긴 것으로 착각하고 더 이상 조사할 필요가 없다고 생각한 것 같은데, 말도 안 되는 착각이지. 창문은 단지 용수철이 걸려 있었던 것뿐이니까.

　그런데 다음 문제는 어떻게 내려갔는가 하는 것이지. 이 점에 대해서는 내가 자네와 함께 집 주위를 걸어보았을 때 이미 답은 나와 있었다네. 그곳엔 그 문제의 창에서 5피트 반쯤 떨어진 지점에 피뢰침이 하나 있었지? 물론 이 피뢰침을 타고 올라 침입했다는 생각은 하기 힘들 거야. 왜냐하면 들어오기는커녕 창에 손이 닿는 것조차 불가능해 보이니까. 그런데 그때 문득 깨달은 것은, 그 4층 창의 덧문이 좀 특이한 문, 파리의 목공들이 보통 '페라드'라고 부르는 그것으로 되어 있었다는 것이지. 지금은 거의 모습을 감추었지만, 그래도 리용이나 보르도 등 아주 오래된 저택에 가면 아직 얼마든지 볼 수 있는 그것 말이지.

　형태는 보통 문－즉, 좌우 여닫이문이 아니라 하나로 된 문과 같고 단지 다른 것은 아래의 반 정도가 격자로 되어 있어 손으로 잡기에 상당히 편하다는 거지. 그런데 그 창의 덧문이 1미터 정도로 폭이 넉넉했다네. 그 집의 뒤편으로 돌아가 보았을 때 마침 덧문은 두 개 모두 반쯤 열려 있었어. 즉 벽과 직각이 되어 열려 있었던 것이지. 그런데 그렇게 뒤편까지 돌아가서 조사하는 것쯤은 경관들도 했을 거야. 하지만 그 페라드란 놈을 정면에서 대충 보았을 뿐, 문의 크기는 눈여겨보지는 않았을 게 분명해. 설사 그랬다 해도 크게 문제 삼지는 않았겠지. 사실 이쪽 편엔 도망갈 길이 없다고 단정했으니 자연히 조사도 아주 간단하게 끝나지 않았을까.

그러나 적어도 나에겐 그 침대 쪽의 문을 벽 쪽으로 활짝 열어젖히면 피뢰침과의 거리는 60센티미터 이하가 된다는 것이 확실히 눈에 들어왔다네. 그리고 또 분명한 것은, 아주 뛰어난 용기와 운동 신경만 있다면 피뢰침에서 창문 너머로 들어오는 건 가령 이런 식으로 하면 너끈히 할 수 있겠다 하는 것이었지. 요컨대 덧문이 활짝 열려 있다고 치세. 75센티미터 반쯤 손을 뻗치면 문의 격자 부분을 잡는 것쯤 문제가 아닐 테고, 거기에서 피뢰침을 잡고 있던 나머지 손을 떼고, 벽에다 발을 단단히 대고서 쿵하고 힘껏 차면 문이 닫힐 거라는 건 장담하고도 남지. 만약 그때 창문이 열려 있었다고 한다면 뭐 방안으로 뛰어 들어갈 수도 있지 않겠나.

여기에서 하나 주의해 주었으면 하는 것은, 이런 아슬아슬하고 어려운 곡예를 해치우기 위해서는 아주 뛰어난 운동 신경이 필요하다고 앞에서 말한 거라네. 지금까지는 이런 것도 불가능하지는 않다는 점을 우선 증명하는 것이었는데, 다음에 그리고 또 제일 중요한 문제는 그러한 곡예를 해치우는 민첩함이란 인간의 짓이라고 볼 수 없는 글쎄, 거의 신의 경지에 가깝다고나 할까, 하는 것이지.

하긴 그렇게 말하면 자네는 그 법률 용어를 빌어서, '자기의 주장을 변호하기 위해서는 이 행동에 필요한 능력을 과대평가하기보다 오히려 과소평가해야 하는 것이 아니냐'고 말할지도 모르겠지. 법률 쪽이라면 그럴지 모르겠지만, 이성의 세계에선 결코 그렇지가 않다네. 나의 궁극적인 목적은 진실, 단지 그것뿐이야. 따라서 현재의 바람은 말이지, 내가 지금 말한 그 초인간적인 운동 신경과, 또 아주 기이한 그 째지는 목소리라고 해야 할까, 탁한 목소리라고 해야 할까, 아무튼 높낮이가 고르지 못한 그 외침 소리를 꼭 연관지어 생각해 주었으면 하는 거라네. 그 목소리에 대해선 어느 나라 말인지 증인마다 모두 의견이 달랐고, 또 제대로 된 음절을 이루고 있지 않았다는 건 이미 말했겠지?」

여기까지 듣고 보니 그제야 뒤팽이 무슨 말을 하는지, 막연하기는 하지만 조금씩 윤곽이 잡히는 듯했다. 확실히 이거라고 꼭 집어 말할 수는 없었지만 이해의 가장자리에 와 있는 그런 형태 – 말하자면, 무언가 곧 생각날 듯하면서도 결국은 생각이 나지 않는 바로 그것과 똑같은 것이었다. 뒤팽의 얘기는 계속되었다.

「자, 이것으로 이제 문제는 도주 방법에서 침입 방법 쪽으로 옮겨지게 되었다는 걸 알겠지. 그런데 본래 나의 의도는 침입도 도주도 결국, 같은 장소에서 같은 방법으로 행해진 거라는 걸 자네가 파악했으면 했던 거라네. 여기에서 다시 한번 안으로 돌아가 보세. 그리고 방의 모습을 살펴보세. 우선 옷장 서랍 말인데, 안의 옷가지들은 많이 남아 있었던 것 같지만 어쨌든 굉장히 어질러져 있었다는 얘기였어. 하지만 이 추측은 엉터리라고. 그것은 단순한 추측 – 실로 바보 같은 추측에 지나지 않아. 아니 보게나, 서랍 속에 남아 있었던 물건이 말일세, 처음에 놓여 있던 그대로가 아니라고 도대체 어떻게 장담하지?

레스파네 모녀는 말이지, 극단적으로 사교를 피해 온 생활을 하고 있었기 때문에 손님도 거의 없었을 뿐더러, 외출도 잘 하지 않았어. 따라서 옷을 자주 갈아입을 필요도 없었네. 게다가 남아 있는 건 두 사람의 소유품 중에서 값나가는 것들뿐이었는데. 만약 도둑이 훔쳤다고 한다면 어째서 제일 비싼 것을 훔치지 않았을까? 어째서 깡그리 쓸어

가지 않았을까, 응?

간단하게 말하자면, 왜 그 4천 프랑의 금화를 그대로 두고 일부러 짐이 되는 옷가지들을 훔쳐 달아났는가 말이지. 금화는 손을 대지 않은 그대로였다고. 은행가 미뇨 씨가 말한 금액이 그대로 주머니에 든 채 마루 위에 놓여 있었단 말이지. 그러니까 나는 자네에게 말하는 거네. 그 집 현관문에서 돈이 건네졌다고 하는 증언을 꼬투리 잡고 거기에서 경관 선생들이 생각해낸 얼토당토않은 동기론 같은 건 빨리 잊어버리라고 말이지. 우연의 일치 같은 것, 예를 들어 어떤 인간에게 돈을 건넸더니 그 인간이 돈을 받은 지 사흘도 되기 전에 살해당했다와 같은 일 말이야. 실은 그 몇 배나 놀랄 만한 우연의 일치가 생활 속에서 거의 매시간 일어나고 있지만, 단지 아무 관심도 끌지 못하고 잊혀버리고 있을 뿐이지.

일반적으로 말해서 개연성의 이론, 즉 인간 연구의 여러 대상들에게 그 빛나는 예증을 부여하고 있는 그 개연성의 이론이라는 걸 전혀 교육받지 못한 자칭 사색가들에게 있어서 이 우연의 일치란 놈은 항상 커다란 돌 뿌리가 되고 있는 것이지.

예를 들어 이번 경우에도 말이야, 만약 돈이 없어지기라도 했다면 삼 일 전에 돈을 건네받았다라는 건 확실히 우연 이상의 무엇이었을지도 몰라. 즉 그 동기론을 뒷받침해 주었을지도 모르지. 그러나 이번 같은 경우엔 여러 실제상황을 생각해 봤을 때, 만약 돈이 범행의 동기였다면 그 범인이란 작자는 돈이고 동기고 깡그리 내동댕이친 얼간이로 생각할 수밖에 없는 거지.

지금까지 내가 지적해 온 점들─그 독특하고 기묘한 목소리, 초인간적인 민첩함, 이렇게 전대미문의 흉악한 살인을 저질렀으면서도 그 동기를 전혀 짐작할 수 없다는 것, 이러한 것들을 염두에 두고 이 범행 자체를 한번 좀 다시 생각해 보지 않겠나.

우선 여자가 한 명 목이 졸려 죽은 채 굴뚝 속에 거꾸로 처박혀 있었네. 그런데 보통 살인범이라는 건 결코 이런 식으로 사람을 죽이지는 않아. 적어도 이런 식으로 시체를 처리하지는 않지. 시체를 굴뚝 속에 쑤셔넣었다는 그 방식 말인데, 이것은 정말 소름 끼칠 정도로 변태적이라고 생각하지 않나. 가령 범인이 아무리 극악무도한 인간이라고 쳐도 이것만큼은 인간의 통념으로 도저히 설명할 수 없는 부분이라고 생각되네. 그리고 또 하나, 그 시체를 끌어내는데는 대여섯 명의 사람들이 달라붙어서 겨우 가능했다고 하지.

그러면 그 정도로 세게 그 굴뚝에 시체를 밀어넣은 힘이란 도대체 얼마나 맹렬한 힘이었을까를 생각해 보게!

놀랄 만한 힘의 증거는 얼마든지 있어. 벽난로 위에는 백발이 섞인 머리털이 한줌 그것도 상당량 뽑혀 있었지. 뿌리째 말이야. 자네도 알고 있겠지만 모발이란 설사 이삼십 개 정도라 하더라도 이런 식으로 잡아뽑기 위해선 상당한 힘이 필요한 거야.

문제의 머리칼은 나도 보고 자네도 보았겠지. 지금 생각해도 소름이 끼치는데, 그 뿌리 부근엔 살점이 찢어져서 들러붙어 있었어. 어쨌든 단번에 몇 십만 개의 머리털을 잡아뽑았으니 얼마나 엄청나고 무서운 힘이 가해졌을지 이만큼 확실한 증거는 없지.

그리고 부인의 목 말인데, 이것은 단순히 잘라진 정도가 아니라 완전히 머리와 목이 따로 놀고 있었어. 그런데 그 흉기는 겨우 면도날 한 개였다고 한다지. 이러한 일련의 동물적인 잔인함, 이것도 하나 놓치지 않으면 좋겠군. 부인의 신체에 나 있는 타박상에 대해선 아무 말도 하지 않겠네. 뒤마 선생과 에티안느 씨가 뭔가 둔기로 맞은 것 같다고 했지. 여기까지 두 사람의 판단은 아주 정확

하다고 할 수 있어. 그런데 그 둔기라는 건 바로 안뜰의 포석이지. 즉 피해자의 시체는 그 침대 가의 창문을 통해 포석 위로 떨어졌던 거야. 이것은 지금 생각하면 아주 단순한 것이지만 경관들은 그냥 간과해 버리고 말았지. 이유는 그 덧문의 폭을 깨닫지 못했던 것과 같아. 즉 그 못이란 게 맹점이 되어서 창문이 열렸었다는 건 꿈에도 생각 못한 거지.

여기에서 지금까지 말해 온 여러 사항에다 그 난잡하게 어질러진 방을 덧붙여 생각한다면, 다음은 드디어 마무리 단계라 할 수 있지. 놀랄 만한 민첩함, 초인간적인 힘, 동물적인 잔인함, 동기 없는 잔학한 행위, 인간의 짓이라 생각하기 힘든 기괴함, 어느 나라 사람도 이해하지 못한 그 목소리, 또 의미가 통하는 말은 한 마디도 듣지 못했다는 점 등등. 자 어떤가, 그 결과는? 내 설명으로 도대체 어떤 인상을 받는가 하는 말일세.」

이 말을 듣고 나는 등골이 서늘해짐을 느꼈다.

「미친놈이군. 어딘가 근처의 정신병원에서 뛰쳐나온 흉악한 놈의 소행이 아닐까?」

「그래, 어떤 점에선 자네의 생각도 틀린 것은 아니지.」

그는 대답했다.

「그러나 미치광이의 목소리라고 하는 건 말일세, 설사 아무리 격렬한 발작을 일으켰다 해도 계단에서 들렸다고 하는 그 기묘한 목소리 같지는 않을 거야. 아무리 미친놈이라 해도 역시 어느 나라 사람이니까 말이지. 따라서 그 말을 아무리 이해할 수 없다 해도 음절은 제대로 되어 있었을 거야. 게다가 미치광이의 머리털을 좀 보게. 여기에 갖고 있는 이런 것은 절대 아니지. 나는 이 몇 줌 안 되는 머리털을, 꽉 움켜쥔 레스파네 부인의 손에서 빼왔다네. 자네는 이게 도대체 무엇으로 보이나?」

「뒤팽! 이것은 정말 기이한 털이군. 인간의 털이 아니야.」

나는 얼굴에 핏기를 잃고 외쳤다.

「아니, 나도 인간의 털이라고는 하지 않았어. 그러나 이 문제를 판가름하기 전에 보게, 내가 묘사해 온 이 스케치를 좀 보게나. 이건 말이지, 어떤 증언에는 레스파네 양의 목에 새겨진 '검은 타박상과 깊은 손톱 자국'이라고 되어 있고, 또 다른 증언엔(즉 뒤마와 에티안느의 경우) '손톱 자국으로 생각되는 납빛의 반점'이라고 되어 있는 것의 스케치라네.」

그는 탁자 위에 종이쪽지를 펼치면서 계속 말을 이었다.

「이 그림에서 보면 얼마나 강하게, 꽉 붙잡았는지는 알 수 있을 걸세. 손가락이 미끄러진 듯한 흔적은 요만큼도 없지. 손가락 하나하나 처음에 붙잡았던 무시무시한 힘 그대로, 아마 상대가 죽어버릴 때까지 늦추지 않았던 것 같아. 여기에서 이번에는 이 손톱 자국 하나하나에 자네의 손가락을 한번 대보게나.」

나는 시도해 봤으나 소용없었다.

「사실 이렇게 하면 제대로 했다고 할 수가 없을 거야. 이 종이는 평면으로 펼쳐져 있는데 인간의 목은 원통형이니까 말이지. 마침 여기에 토막 난 막대기가 있군. 꼭 목둘레 정도의 두께일 거야. 자, 이 종이를 여기에 말고 다시 한번 그렇게 해보게나.」

나는 그대로 해보았으나 역시 할 수 없다는 건 더욱 분명해졌다.

「아무리 생각해도 이건 인간의 손이 아니로군.」

「자, 퀴비에의 책에서 이 부분을 한번 읽어보게나.」

그것은 동인도 제도에 사는 황갈색 오랑우탄에 관해 해부학적으로 상세하게 서술한 기사였다. 이 동물의 거대한 체구, 엄청난 힘과 운동 신경, 난폭함, 모방 본능 등은 이미 세상이 다 아는 사실로써, 나는 순간적으로 그 살인사건이 나타내는 처참함의 의미를 이해할 수 있었다.

「이 손가락에 관한 설명은 이 그림과 딱 정확히 일치하는 군. 정말 여기에 쓰여 있는 이런 종류의 오랑우탄이 아니라 면 그림과 같은 손톱 자국은 생길 수 없을 거야. 그리고 이 황갈색 머리털 역시 퀴비에의 책에 있는 오랑우탄과 똑같 지 않은가. 그래도 말이지 나는 아직 이 무시무시한 사건이 잘 이해가 되지 않는데, 거기엔 분명히 말다툼하는 듯한 두 사람의 목소리가 있었지 않나. 더구나 그 중 하나는 프랑스 인의 목소리가 틀림없었을 텐데.」

「그렇지, 바로 그래. 또 이 목소리에 대해선 여러 증언이 거의 일치하고 있지. 바로 '이놈!'이란 말. 그런데 이 말의 의미는 증인 중 한 사람(그 과자가게의 몬타니 말인데)이 설명 하고 있듯이, 확실히 무언가를 야단치거나 타이르는 목소 리였을 거야. 여기에서 나는 이 두 마디 말에 수수께끼를 완전히 풀어헤칠 희망의 열쇠를 꽂은 거지.

어쨌든 이 참극을 알고 있는 프랑스인이 틀림없이 한 사 람 있다고 말이야. 하긴 이 남자는 아마—아니, 거의 확실 하게—이 범행과 직접적으론 아무 관계가 없을 걸세. 즉 오 랑우탄은 분명 이 남자 곁에서 도망쳤을 거야. 혹은 그 남 자가 방까지 쫓아왔었을지도 모르지. 그런데 대소동으로 말미암아 결국 붙잡지 못한 게 아닐까 생각하네. 그렇다면 아직 오랑우탄은 붙잡히지 않았을 테지. 그런데 이러한 추측을 더 깊이 파고 들어가는 건 그만두도록 하지. 그 이상의 것은 말할 수 없으니까. 내 지력으로는 더 깊은 사고를 감당해 낼 수가 없고, 또 그것을 타인에게 이해시킬 수 있다고도 생각지 않으니까. 그리고 이것 역시 어디까지나 추측으로써 말하는 건데, 만약 내 상상대로 이 프랑스인이 범행 자체에 아무 관계가 없다고 한다면 필시 이 광고, 내가 지난밤 돌아올 때 '르 몽드' 지(원주 : 해운업자들을 위한 신문으로 주로 선원들이 많이 읽는다)에 부탁하고 온 이 광고를 보고 그 남자는 여기에 모습을 드러낼 거라고 생각한다네.」

　그는 이렇게 말하면서 나에게 한 장의 신문을 건네주었다. 그 광고에는 이렇게 써 있었다.

　이달 ××일, 새벽(즉 사건이 발생했던 날이지), 보아 드 브로뉴에서 보르네오산 오랑우탄 한 마리가 포획되었음. 만약 소유자(마르타섬 선박 선원으로 추측)임을 충분히 증명할 수 있고, 또 포획 및 보호에 소요된 약간의 비용을 배상한다면 오랑우탄을 즉시 돌려주겠음. 포브르 생 제르망 ××가 ××번지 3층으로 방문하기 바람.

「하지만 어떻게 그 남자가 뱃사람이고, 또 마르타섬 선박의 선원이란 걸 알아냈지?」

「아니, 알고 있지 않다네. 그런 걸 알 턱이 있나. 단지 여기에 잘라진 리본끈 조각이 하나 있는데, 모양도 그렇고 기름이 배어 있는 것으로도 그렇고, 분명 뱃사람들이 즐겨하는 긴 변발을 묶었던 것일 거야. 묶는 방식도 뱃사람들 외에는 하기 힘든 것이고, 더구나 이건 마르타섬 사람들의 독특한 방식이거든. 이것을 피뢰침 밑에서 주웠는데 죽은 두 여자의 소유품일 리는 없지 않겠나. 이 리본으로 나는, 문제의 프랑스인이란 필시 마르타섬 선박을 타고 있는 뱃사람일 거라고 짐작한 거지. 설사 이 추리가 틀렸다 하더라도 이런 광고를 내는 건 별 지장이 없을 거야. 틀렸다 해도 그 자는 단지 내가 뭔가 착각했다고 생각할 뿐, 그 이상 깊이 파고드는 일은 없을 테니까.

하지만 만약 정확하다면 이건 대단한 소득이지. 물론 살인과는 관계가 없겠지만 어쨌든 알고 있는 건 알고 있으니 그 자로서는 광고를 보고 오랑우탄을 찾으러 오기가 처음에는 좀 꺼려질 거야. 하지만 이렇게 생각하겠지.

'나는 결백하다. 그리고 나같이 가난한 놈한테 그 오랑우탄은 상당한 값어치가 있는 것이지 그것만으로도 한 밑천

톡톡히 잡는 건데 그깟 위험이 두려워서 녀석을 잃어서야 쓰겠나. 다시 손에 넣을 수 있는 기회가 온 거야. 게다가 발견된 것은 보아 드 브로뉴, 범행 장소에서 멀리 떨어진 곳이라고 하지 않는가. 그 동물이 그런 범행을 저질렀다고 감히 누가 생각하겠어. 경찰 쪽에서도 수수께끼라고 하는 것 같아. 아무런 실마리도 찾지 못한 것 같고. 설사 오랑우탄의 짓이란 게 밝혀졌다 해도 내가 그 참극을 알고 있다는 걸 증명할 수는 없을 테고, 가령 알고 있다고 해도 말이지 그것 때문에 벌 받는 일은 설마 없지 않겠는가. 그리고 무엇보다 나에 대한 걸 이미 알고 있어. 광고를 낸 자는 나를 분명히 소유주라고 생각하고 있으니까. 녀석이 어디까지 알고 있는지 그건 모르지만 이렇게 볼 때 이미 내 것으로 알고 있는 그 값나가는 걸 끝내 찾지 않는다면 어떻게 될까. 일부러 나서서 오랑우탄에게 혐의를 가하는 것이 되지 않겠는가. 나 자신이든 오랑우탄이든, 이때 사람의 주의를 끄는 건 아무래도 어리석지. 좋다, 한번 오랑우탄을 찾으러 가보자. 그리고 이 사건이 진정될 때까지 어딘가에 숨겨두는 거야,' 뭐 이런 식으로 말이지.」

그때였다. 계단을 올라오는 발소리가 들렸다.

「자, 권총을 준비하게.」

뒤팽이 말했다.

「하지만 내가 신호를 할 때까지 절대로 쏴서는 안 되네. 보여서도 안 돼.」

현관문은 열려 있었기 때문에 방문객은 벨을 울리지 않고 그대로 들어와 몇 계단 올라온 것 같았다. 그런데 갑자기 생각이 바뀌었는지 잠시 후 다시 내려가는 발소리가 들렸다. 뒤팽은 서둘러 문간까지 갔는데 그때 다시 올라오는 소리가 들렸고, 이번에는 굳은 결심이라도 한 듯 발길을 돌리지 않고 곧장 올라와 방문을 노크했다.

「들어와요.」

뒤팽은 밝고 부드러운 어조로 응답했다.

한 남자가 들어왔다. 과연 뱃사람이었다. 키가 크고 건장한, 꽤 힘세 보이는 남자였다. 얼굴은 무지막지해 보였으나 그렇다고 그다지 나쁜 인상은 아니었다. 새카맣게 햇볕에 그을린 얼굴은 거의 수염으로 뒤덮여 있었다. 큰 나무 막대기를 하나 쥐고 있었지만 그 외에 흉기 같은 건 없어 보였다. 좀 어색하게 허리를 구부리며 「안녕하세요」라고 인사를 했는데, 그 말은 다소 느샤텔 지방 사투리가 느껴졌지만 확실히 파리 태생

임을 증명했다.

「자 어서 앉으세요.」

뒤팽이 말했다.

「오랑우탄 일로 오셨겠지요? 정말 대단한 걸 갖고 계셔서 부럽군요. 아주 훌륭한 것이에요. 상당히 값이 나가겠죠? 몇 살쯤 됐나요?」

몹시 견디기 힘든 무거운 짐이라도 내려놓은 듯 뱃사람은 숨을 한번 크게 내쉬고는 분명한 어조로, 「잘 모르겠지만, 글쎄 네댓 살 정도 됐을 겁니다. 여기에 있는 거요?」

「아, 아닙니다. 여기에는 그런 걸 가둬둘 만한 시설이 없어서 말이죠. 바로 요 근처 뒤브르가의 마차 대여점 축사에 맡겨놓았어요. 그러니 내일 아침에는 건네드릴 수 있답니다. 물론 진짜 주인이라는 건 증명할 수 있겠지요?」

「물론 그렇구 말고요, 선생!」

「막상 넘겨주자니 서운한 생각이 듭니다.」

뒤팽이 말했다.

「그거야 선생, 여러 가지로 폐를 끼쳤으니 공짜로 데려가려는 생각은 추호도 없습니다. 그런 생각은 애당초 하지도 않았어요. 찾아준 것에 대해선 기꺼이 사례금을 드릴 겁니다. 터무니없는 걸 요구하지만 않는다면 말이죠.」

「알겠어요. 자, 그럼 무얼 받을까? 아, 그래! 사례는 이렇게 해줬으면 좋겠군요. 그 모르그가의 살인사건에 대해서 말이죠. 당신이 알고 있는 정보를 모두 얘기해 주지 않겠소?」

뒤팽은 이 마지막 말을 나지막한 소리로 아주 조용히 말했다. 그리고 마찬가지로 조용히 문간 쪽으로 다가가 문을 잠그고 열쇠를 주머니에 넣었다. 또 품속에서 권총을 꺼내서는 얼굴색 하나 변하지 않고 탁자 위에 가만히 내려놓았다.

순간 남자의 얼굴은 숨이라도 막힌 듯 새빨개졌다. 벌떡 일어서서 즉시 곤봉을 움켜쥐었지만, 이윽고 털썩 의자에 주저앉더니 새파랗게 질려 벌벌 떨기 시작했다. 그리고 한마디도 하지 않았다. 나는 이 남자가 정말 불쌍해 보였다.

「이것 보시오.」

뒤팽은 부드러운 어조로 말했다.

「당신은 혼자서 괜히 겁을 먹고 있는 거요. 정말 그렇다고요. 우리는 당신을 어떻게 하려는 게 아닙니다. 해를 입힐 생각은 털끝만큼도 없어요. 그건 신사의 명예, 프랑스인의 명예를 걸고 맹세해도 좋소. 모르그가의 참극에 대해서 당신이 결백하다는 걸 잘 알고 있으니까. 그러나 그렇다고 해서 당신이 그 사건에 어느 정도 연루됐다는 사실까지 부인해서는 안 돼요. 지금까지 말한 것으로 봐도 내가 이 문제에 관한 정보를 어떤 방법을 통해 손에 넣은 상태라는 건 이제 분명히 알 거요. 어떤 방법이었는지 그건 아마 상상도 할 수 없겠지만. 여기에서 말하고 싶은 건 바로 이 부분입니다. 당신은 도망칠 만한 짓, 즉 당신이 유죄로 몰릴 만한 그런 짓은 하나도 하지 않았소. 아니, 당신의 경우는 꼬리 잡힐 염려 없이 물건을 훔칠 수도 있었을 텐데 그것조차 하지 않은 거요. 숨길 것은 아무것도 없죠. 숨길 이유가 없으니까요. 하지만 사나이의 명예를 걸고 알고 있는 사실을 전부 털어놓을 의무가 있는 거요. 그 사건 때문에 현재 무고한 남자가 감옥에 수감되어 있습니다.」

이런 식으로 뒤팽이 얘기하고 있는 사이 선원은 꽤 안정을 되찾았다. 그리고 처음의 대담무쌍한 태도도 완전히 사라져버렸다.

이윽고 그는 입을 열었다.

「아아, 맙소사! 이제 모든 걸 털어놓겠소. 하지만 얘길 해도 선생은 절반도 믿지 못할 거요. 믿어주길 바란다면 내가 바보지요. 그러나 어쨌든 나 는 결백합니다. 이렇게 된 이상 죽어도 좋소. 모든 걸 속시

원히 말하겠소.」

요컨대 그의 얘기는 이러했다.

최근 그는 인도제도 쪽으로 항해를 하고 돌아왔다고 한다. 거기에서 그는 일행들과 함께 보르네오에 상륙하여 섬 깊숙한 곳까지 들어간 것이다. 그때 그와 친구 한 사람이 우연히 오랑우탄을 생포했다. 그런데 얼마 후 이 친구가 죽고 결국, 오랑우탄은 그의 소유가 된 것이다. 그 오랑우탄은 걷잡을 수 없이 난폭해서 돌아오는 항해에서도 상당히 애를 먹었는데, 그럭저럭 파리의 집까지 무사히 데리고 왔다. 하지만 이웃 사람들의 곱지 않은 시선 때문에 그 오랑우탄이 배의 판자 조각에 다친 발의 상처가 나을 때까지 사람들 눈에 띄지 않게 잘 가둬두었다. 언젠가는 팔 작정이었던 것이다.

그런데 그 참극이 일어났던 날 밤, 아니 이미 새벽이었지만 그가 친구들과의 술자리에서 돌아와 보니 오랑우탄이 그의 침실을 차지하고 있는 것이 아닌가. 옆의 작은 방에 안전하게 가둬뒀다고 생각했는데 어느 샌가 문을 부수고 침입한 것이었다. 한 손에 면도칼을 들고 얼굴은 온통 비누거품으로 범벅이 되어 거울 앞에 앉아 있는 것이다. 지금까지 열쇠구멍으로 주인이 하는 것을 엿보고 있었던 모양이다. 얼굴을 면도하는 흉내를 내고 있었다. 어쨌든 이 난폭한 짐승이 날카로운 흉기를 갖고 있는 데다 그것을 사용하는 법도 알고 있으니 이만저만 큰 일이 아니었다. 그는 평소 이것이 아무리 난동을 부리더라도 채찍만 휘두르면 얌전해지는 걸 알고 있었기 때문에, 이때도 곧 그것에 생각이 미쳤다. 아니나다를까 채찍을 보자 오랑우탄은 곧장 문 밖으로 뛰쳐나가 계단을 내려가다 때마침 열려 있던 창문을 통해 길 위로 뛰어 내려간 것이었다.

선원은 눈앞이 캄캄했지만 열심히 뒤를 쫓았다. 그러나 오랑우탄은 여전히 면도날을 손에 든 채, 때때로 멈춰 서서 뒤돌아보고 그가 거의 따라붙을 때까지 계속 그의 흉내를 냈다. 그러다가 따라붙으면 다시 도망치는 것이었다. 이런 식으로 한참 줄다리기를 하고 있었다. 이미 시간은 새벽 3시경으로 거리는 고요했다. 오랑우탄은 모르그가의 뒷골목 작은 길을 달려가다가 문득 레스파네 부인의 4층 방, 열린 창문에서 빛이 새어나오고 있는 걸 알아차렸다. 높은 건물 쪽으로 다가갔고 거기엔 피뢰침이 있었다. 오랑우탄은 눈 깜짝할 사이에 피뢰침을 기어올라 벽 쪽으로 활짝 열려 있었던 덧문을 잡고, 휙 하니 침대 위로 뛰어내렸다. 이 무서운 곡예에 걸린 시간은 일 분도 채 걸리지 않았다. 덧문은 오랑우탄이 뛰어 들어간 반동으로 다시 처음처럼 기운차게 열렸다.

이걸 본 선원의 마음은 기쁘기도 했지만 당혹스럽기도 했다. 오랑우탄이 한 짓은 스스로 함정에 뛰어 들어간 것과 같아서, 도망치려면 다시 피뢰침을 타고 내려오는 수밖에 도리가 없을 테니 내려올 때를 기다렸다 붙잡으면 된다. 우선 이것으로 붙잡을 수 있는 희망이 생겼다고 생각했다. 그러나 한편으로 집안에서 무슨 일을 저지를까 생각하니 크게 걱정이 되기도 했다. 결국 염려스런 마음에 그는 계속해서 오랑우탄을 뒤쫓으려고 했다.

피뢰침은 어렵지 않게 오를 수 있었다. 특히 선원으로선 그러했다. 그런데 다음 순간, 멀찌감치 왼쪽으로 창문을 바라보며 문 높이까지 올라간 그는 온몸이 경직되었다. 눈앞의 끔찍한 광경에 사지가 얼어붙고 잡고 있던 피뢰침마저 놓칠 뻔했다. 그 무시무시한 비명 소리가 밤의 장막을 찢으며 모르그가의 단잠을 깨운 것은 바로 이때였다. 마침 잠옷으로 갈아입은 레스파네 모녀는 앞에서도 말한 그 금고를 방 한가운데로 끌어내고 서류 정리라도 하고 있었던 모양이다. 상자 뚜껑은 열려 있고 내용물은 마루 위에 꺼내져 있었다. 두 여자는 필시 창문 쪽을 등지고 앉아 있었을 것이다. 비명을 지른 건 오랑우탄이 들어오고 나서 좀 지난 후였기 때문에 오랑우탄이 뛰어 들어온 걸 바로 깨닫지는 못한 것 같다. 덧문이 덜컥거린 것도 바람 탓이라고 생각했을 것이다.

선원이 엿보았을 때 오랑우탄은 레스파네 부인의 머리칼을 잡고(머리를 빗은 후였는지 풀어져 있었다) 이발소 흉내를 내며 얼굴 부근에 면도칼을 휘두르고 있었다. 딸은 쓰러진 채 꼼짝도 하지 않았다. 이미 실신해 있었던 것이다. 아마 오랑우탄은 처음부터 해를 가할 심사는 없었던 것 같았다. 그런데 부인의 비명 소리와 몸부림이(그 사이에 머리털이 한 움큼 빠진 것인데) 오랑우탄의 의지를 완전히 분노로 바꾸어 버렸다. 그 우람한 팔로 부인을 한번 꽉 움켜쥐자 그녀의 목은 몸통에서 거의 떨어져 버렸다. 피를 보자 놈의 분노는 광란으로 변했다. 눈에 핏발을 세우고 이를 갈며 이번에는 딸의 몸을 덮쳤다. 그리고 날카로운 손톱을 그녀의 목에 대자 그대로 숨이 끊어질 때까지 뗄 줄을 몰랐다.

마침 그때 그의 희번덕거리는 눈이 침대 머리 부분을 향했고, 창문 저편으로 돌처럼 굳은 주인의 얼굴이 보였다. 그 순간, 무서운 채찍의 기억이 아직 남아 있었던 오랑우탄은 분노가 두려움으로 바뀌었다. 자신이 나쁜 짓을 한 걸

알아채자 어쨌든 범행의 흔적을 감춰야겠다고 생각했는지 놈은 몹시 흥분해서 이 방 저 방 뛰어다니다가 살림살이를 마구 쓰러뜨려 부수고 침대에서 시트를 벗겨냈다. 그러더니 딸의 시체를 들어올려서는 발견됐을 때처럼 굴뚝 속으로 밀어넣었다. 그러고 나서 바로 노부인의 시체를 창문으로 거꾸로 던져버렸다.

오랑우탄이 마구 난자된 시체를 안고 창문 쪽으로 가까이 다가갔을 땐 선원은 이미 새파랗게 질려 제정신이 아니었으며 다음은 힘없이 주르륵 미끄러져 뒤도 안 돌아보고 집으로 도망쳐 온 것이다. 범행의 결과도 끔찍했지만 그 와중에 오랑우탄의 운명 따위는 까맣게 잊어버린 것이다. 계단을 올라온 사람들이 들었다고 하는 그 소리는 다름 아닌 오랑우탄의 험악한 외침과 함께, 공포에 질린 선원이 내뱉은 목소리였다.

이제 덧붙일 말은 아무것도 없다. 필시 오랑우탄은 방의 문이 부서지기 전에 피뢰침을 타고 재빨리 도망쳤고, 창문은 그때 다시 닫혔을 것이다. 오랑우탄은 그 후 선원의 손에 잡혀서 상당히 큰 돈을 받고 파리의 동물원에 팔렸다고 한다.

르봉은 우리가 경시청에 가서 사정을 설명하자(대부분 뒤팽의 주석과 함께) 곧 석방되었다. 경찰국장은 물론 뒤팽에 대해서 호의 말고 다른 감정은 없을 테지만 사건이 뒤집어진 데 대해 유감을 감출 수 없었던지, 쓸데없는 참견은 좋지 않은 거라고 몇 마디 듣기 싫은 소리를 내뱉었다.

「마음대로 지껄이라지.」

대꾸할 필요도 없다고 생각한 뒤팽이 말했다.

「그렇게 해서 마음이 편해진다면 말이야. 나는 녀석의 세계에서 녀석을 이겼으니 그걸로 족해. 그 자가 사건 해결에 실패했다는 건 결코 그의 생각처럼 신기한 일도 놀랄 만한 일도 아니야. 솔직히 말하자면 그 국장 선생은 너무 잔머리를 굴려서 오히려 바보라고 할 수 있지. 즉 그 자의 지혜는 꽃에 수술이 없는 것과도 같아. 라베르나 여신상처럼 머리만 있고 몸은 없어. 아니, 그 대구란 생선처럼 기껏해야 머리하고 어깨만 있는 거지. 하지만 결국은 괜찮은 남자야. 특히 머리가 좋은 척 교묘하게 말을 둘러대는 솜씨가 마음에 든단 말이야. 그것으로 녀석은 아주 영리하다는 평판이라네. 여기 그 자의 수법을 나타내는 명구가 하나 있는데 들어보겠나? 즉 '있는 것을 부정하고, 없는 것을 설명한다' 음?」

'모르그가의 살인사건' 속편

마리 로제의
수수께끼

마 리 로 제 의 수 수 께 끼

아무리 냉정한 사색가일지라도 때로는 자기도 모르게 일종의 흥분상태에서 초자연적 존재를 막연하게나마 믿어본 경험이 있을 것이다. 그것은 우연의 일치라 하기에는 이성과 지성이 도저히 납득할 수 없을 놀랄 만한 성질의 우연의 일치에 맞닥뜨렸을 경우이다. 그리고 지금 말한 반(半)신앙에는 사상이라 불릴 만한 충분한 힘이 없기 때문에 이런 감정을 완전히 극복하기 위해서는 이른바 기회의 원리, 혹은 전문적인 용어로 확률 계산이라는 것에 의존할 수밖에 없다. 이 확률 계산은 원래 순수한 수학적인 개념인데 우리는 모든 학문 중에서 가장 엄밀하고 정확한 이 개념을 가져와 불확실한 그림자 같은, 공허한 유령과 같은 사변 철학의 문제에 적용한다는 변칙을 범하고 있는 것이다.

그런데 지금 내가 밝히려는 신기한 사건의 전말은 시간적 순서를 따지자면 정말 이해하기 힘든 일련의 우연의 일치 중 첫 번째 가닥이며, 두 번째 가닥은 최근 뉴욕에서 일어난 메리 세실리아 로져스 살인사건이라는 것은 이미 모든 독자가 인정하는 바라 생각된다.

일 년쯤 전, 내가 '모르그가의 살인사건' 이라는 글에서 내 친구인 슈발리에 C. 오귀스트 뒤팽의 심리적 성격의 현저한 특징 몇 가지를 묘사하려 했을 때, 나는 또 다시 같은 주제를 다루리라고는 꿈에도 생각지 못했다. 그때 나는 이 성격을 묘사하려는 의도를 갖고 있었고, 이것은 그 특이한 성격의 예증이라 할 수 있는 살인사건을 소개했을 때 이미 훌륭히 달성되었다. 물론 또 다른 실례들을 몇 가지 더 열거할 수는 있겠지만 그렇다고 새삼 새로이 증명될 것은 아무것도 없었다. 그런데 이번 사건은 그 후 놀랄 만한 발전을 보였고 다소 강박에 의한 자백의 성격이 있기는 하지만 나도 좀 더 상세히 써보고자 하는 생각을 하게 됐다. 왜냐하면 최근 내가 들은 소문들에도 불구하고 내가 이미 오래 전부터 알고 있는 사실을 밝히지 않고 이대로 아무 말 없이 지나간다면 오히려 그게 더 이상하기 때문이다.

레스파네 모녀의 죽음에 얽힌 비극이 어느 정도 정리되

자 우리의 뒤팽은 이 사건은 즉시 잊어버리고 또다시 말없는 몽상가로 돌아갔다. 다행히 나도 종종 멍하니 공상에 빠지는 버릇이 있어 그와는 죽이 잘 맞았다. 그래서 우리 둘은 여전히 포브르 생 제르망에서 '내일'은 내일의 바람이 불겠지, 오로지 '오늘' 속에 안주하며 따분한 주변 세계의 일은 완전히 꿈속에 묻어둔 채 지내고 있었다.

하지만 이러한 꿈들이 전혀 방해받지 않은 것은 아니었다. 그 모르그가의 살인사건에서 우리의 뒤팽이 파리 경찰청에 깊은 감명을 줬다는 것은 더 말할 나위도 없다. 경찰청의 여러 탐정들 사이에 그의 이름은 거의 일상적인 용어가 되어버렸다. 그 수수께끼 같은 사건을 해결하면서 보여준 지극히 단순한 귀납적 추리에 대해 그는 나 이외에 누구에게도, 심지어 경찰청장에게조차 전혀 얘기하지 않았다. 따라서 그 사건은 당연히 기적처럼 여겨졌으며 그의 분석 능력도 단지 직관이라는 평판을 얻고 있을 뿐이었다. 원래 그는 솔직한지라 이런 편견을 남김없이 깨부수고 싶었을 것이다. 하지만 그는 또 게으른 기질 탓에 자기가 흥미를 잃은 사건을 다시 들춰내는 것은 전혀 원치 않았다. 어쨌든 그는 경찰들의 주목을 받게 됐고, 경찰청에서 그에게 도움을 요청한 사건도 적지 않았다. 마리 로세라는 젊은 아가씨의 살해사건도 실은 그런 사건 중 하나이며, 가장 대표적인 것이었다.

이 사건은 모르그가의 참극으로부터 2년쯤 후에 일어났다. 세례명과 성이 '담배 파는 불쌍한 아가씨'와 비슷한 이 '마리'라는 처녀는 에스텔 로제라는 과부의 외동딸이었다. 아버지는 그녀가 어렸을 때 죽었고, 그 후로 살해사건이 일어나기 1년 반 전까지 그녀와 어머니는 파베 쌩 탕드레가에서 단 둘이 살고 있었다. 어머니는 여기서 여관을 경영했으며 마리도 어머니를 돕고 있었다. 그러던 중 마리도 어느덧 만 21세가 되었는데, 그때 마침 르 블랑이라는 향수 가게 주인이 그녀의 타고난 미모에 눈독을 들이게 되었다. 그의 가게는 팔레 로와얄의 지하에 있었는데, 손님들도 주로 그 주변에 어슬렁대는 사기꾼이나 투기꾼들이었다. 르 블랑은 마리 같은 미인을 가게에 두면 매상이 상당히 올라가리라는 것을 잘 알고 있었다. 그가 아주 좋은 조건을 제시하자 마리의 어머니는 잠시 망설이는 듯했으나 마리 자신은 오히려 흔쾌히 승낙했다.

르 블랑의 속셈은 보기 좋게 들어맞았다. 그의 가게는 이

명랑한 여점원의 매력과 미모 덕에 곧바로 유명한 가게가
되었다. 가게에서 일한 지 일 년쯤 지났을 때였다. 어느 날
갑자기 그녀가 가게에 나오지 않았다. 남자 고객들은 혼란
스러워했고 주인인 르 블랑도 이유를 전혀 짐작할 수 없었
다. 마담 로제는 불안과 걱정으로 반미치광이가 되었다.

일주일이 지나자 신문은 기다렸다는 듯이 기사를 써댔고
드디어 경찰도 본격적으로 수사에 착수하려던 즈음, 마리
는 어느 맑게 갠 아침 홀연히 가게의 카운터 앞에 모습을
나타냈다.

그녀는 건강해 보였지만 왠지 좀 우울해 보이는 듯했다.
그녀가 나타남으로 해서 내부적으로는 몰라도 공식적인 수
사는 즉시 중단되었다. 르 블랑은 이에 대해 아무것도 모른
다고 했고 마리도 어머니와 입을 맞춰 시골에 있는 친척집
에 가 있었노라고 답할 뿐이었다. 이렇게 해서 사건은 일단
락되었고 대부분의 사람들의 기억에서 잊혔다. 왜냐하면
속사정이야 어떻든 세상의 호기심이 귀찮다는 이유로, 얼
마 후 마리는 가게를 그만두고 다시 파베 쌩 탕드레가의 어
머니 집에서 기거하게 되었기 때문이다.

그 후 5개월쯤 지났을 때 그녀의 친구들은 그녀가 또다시
모습을 감추었다는 소식에 놀라움을 금치 못했다. 사흘이

지나도 아무런 소식이 없었다. 그런데 나흘째 되던 날 세느 강의 쌩 탕드레가 구역 바로 맞은편 강가에 그녀의 시체가 떠 있는 것이 발견되었다. 그곳은 루르관문 근처의 황량한 지역에서 그리 멀지 않은 곳이었다.

물론 타살이라는 것은 한눈에 알 수 있었다. 살해 방법이 너무나 참혹했고 피해자가 젊은 미인이었다는 점, 그리고 무엇보다 그동안 그녀의 평판이 좋았던 점 등이 한데 어우러져 이 사건은 눈 깜짝할 사이에 호기심 많은 파리 시민들의 강한 호기심을 불러 일으켰다. 내가 기억하기로도 이런 종류의 사건 중 이렇게 널리, 이렇게 강한 충격을 던져준 사건은 없었던 것 같다. 이 얘기는 몇 주일 동안이나 화제에 올랐으며, 당시의 몇몇 중요한 정치문제조차 사람들의 시선을 끌지 못했다. 경찰청장도 특별히 신경을 썼고 파리 시내의 경찰력이 총력을 다해 동원되었다.

처음 시체가 발견되었을 때는 워낙 수사가 빨리 시작되기도 해서 범인은 머지않아 발견될 거라고 생각했다. 따라서 현상금의 필요성이 제기된 것은 일주일이나 지난 후였고, 액수도 겨우 천 프랑에 불과했다. 물론 그동안에도 현명한 방법은 아니었지만 수사는 진행되고 있었다. 많은 사람들이 취조를 받았지만 그 결과 얻어진 것은 아무것도 없

었다. 오히려 단서조차 잡지 못하는 경찰에 대한 시민들의 분노만 더해 갈 뿐이었다.

열흘이 지나자 현상금을 두 배로 올리는 것이 좋지 않겠느냐는 의견이 나왔다. 그렇게 또 이 주일 동안 아무런 성과도 없이 지나자 파리 시민들에게 항상 잠재해 있던 경찰에 대한 편견이 우려할 만한 폭동 사태로까지 표출되기도 했다. 드디어 경찰청장도 자신의 책임하에 '범인을 찾는 경우에는' 2만 프랑, 만일 다수의 연루자가 있을 경우에는 '범인들 중 어느 한 명만 찾아도' 같은 액수의 현상금을 주기로 했다. 또 이 현상금 공고에는, 만일 공범일지라도 범인을 밀고하는 증거 자료를 가지고 출두할 경우에는 완전히 무죄 방면하겠다는 약속까지 있었다. 게다가 공고가 나붙은 벽면에는 경찰청이 제공하는 현상금 외에 시민들로 구성된 위원회에서 1만 프랑을 지급하겠다는 민간 게시물까지 첨부되었다. 이렇게 해서 현상금의 총액은 3만 프랑이 되었고 이는 피해자의 신분이 낮다는 점과 이런 참극은 대도시에서 별로 대단한 것도 아니라는 점을 생각하면 예외적인 액수라고 할 수 있었다.

이렇게 되면 이 살인사건의 수수께끼도 곧 풀릴 것이라고 모두가 믿어 의심치 않았다. 사실 약간 희망이 보이는 혐의자가 한두 명 잡히기도 했으나 연루자라고 단정할 수 있는 결정적 증거를 잡지 못해 결국 모두 석방되었다. 그런데 이상하게도 이렇게 세상을 떠들썩하게 만든 사건이 삼 주가 지나도록 아무 성과도 없이 어영부영 흘러가고 있었지만, 뒤팽과 나는 정말 소문 하나 듣지 못했던 것이다. 우리는 당시 어떤 연구에 몰두하고 있었기 때문에 둘 다 거의 한 달이나 외출도 하지 않고 손님도 맞이하지 않았다. 신문의 정치논설조차 훑어볼까 말까 할 정도였다. 따라서 우리가 처음 이 사건을 안 것은 경찰청장 G가 직접 우리를 찾아왔을 때이다.

그는 18XX년 7월 13일 오후에 우리를 찾아와 밤늦게까지 머물다 갔다. 그는 범인 검거 노력이 모두 실패로 끝났다는 사실에 매우 화가 나 있었으며 이대로 가다가는 자신의 명성이 매우 위태로워질 뿐 아니라 체면까지 걸려 있는 문제라며 전형적인 파리 시민답게 얘기했다. 세상의 시선이 일제히 그를 주목하고 있고 따라서 그는 이 사건을 빨리 해결하기 위해서라면 실제로 어떤 희생이라도 감수하겠다고 했다. 결국 그는 좀 우습게도 들리는 이 얘기의 끝을 뒤팽의 솜씨에 대한 최상의 아부로 장식하고 나서 후한 제안까지 덧붙였다. 아쉽게도 나는 그것이 어떤 성질의 제안이었는지에 대해 자세히 밝힐 수 없지만, 이 얘기에 직접적인 관계가 있는 것도 아니니 생략하겠다.

뒤팽은 그의 아부는 끝까지 부인했지만 제안은 즉시 받아들였다. 물론 그 제안의 이해 득실은 아직 알 수 없었지만 말이다. 이렇게 얘기가 마무리되자 경찰청장은 바로 사건에 대한 자신의 견해를 피력하기 시작했다. 물론 그 사이사이에 증거 자료에 대한 길고 긴 주석도 삽입됐는데 중요한 것은 우리가 그 증거들을 아직 하나도 손에 넣지 못했다는 점이다. 그는 쉴 새 없이 그리고 또 자신의 박학다식을 자랑하며 얘기를 펼쳐나갔다.

나는 밤이 깊었고 이제 졸리다는 뜻을 몇 번이나 넌지시 표현했지만, 뒤팽은 늘 앉아 있던 팔걸이의자에 의연히 앉아 경찰청장의 말을 경청하는 듯이 보였다. 그는 얘기가 시작될 때부터 쭉 안경을 쓰고 있었는데 그 파란 안경알 속을 들여다보니 그 따분하기 그지없는 7, 8시간 동안 그가 비록 코는 골지 않았을지언정 실제로는 잠에 푹 빠져 있었다는 것을 확실히 알 수 있었다.

아침이 되자 나는 경찰청에 가서 지금까지 파악된 모든 증거 자료에 대한 완전한 보고서를 입수하고 마찬가지로 여러 신문사를 돌며 이 참극에 관해 조금이라도 결정적인 보도가 나와 있는 신문은 하나도 빠짐없이 받아왔다. 그 중 확실한 반증이 있는 것을 제외하고 나니 다음과 같은 정보들이 추려졌다.

　마리 로제는 18XX년 6월 22일 일요일 아침 9시경 파베 쌩 탕드레가의 어머니 집을 나섰다. 그때 그녀는 드 두롬가에 사는 숙모 집에 간다는 얘기를 오직 잭 쌩 투스타쉬라는 남자에게만 했다고 한다. 드 두롬가는 세느강변에서 그리 멀지 않은 곳으로 마담 로제의 여관에서 3킬로미터 정도 떨어진 곳에 있는데, 좁고 별로 길지도 않은 거리였지만 사람들의 왕래가 잦은 곳이었다. 쌩 투스타쉬는 마리의 약혼자이며 마담 로제의 여관에서 숙식하고 있었다. 그는 저녁에 마리를 마중 나가 함께 집에 올 예정이었다고 한다. 그런데 오후가 되자 폭우가 쏟아졌다. 쌩 투스타쉬는 비가 심하게 내려 전처럼 마리는 숙모 집에서 자고 올 것이라고 생각하며 그녀와의 약속을 지킬 필요가 없다고 생각했다. 날이 저물어가자 이미 70세의 고령으로 몸도 많이 쇠약해진 마담 로제가 문득 '그애를 두 번 다시 볼 수 없을 거야' 라고 중얼거리는 것을 들었지만 그 당시는 별로 신경 쓰지 않았다.

그는 월요일이 되어서야 마리가 드 두롬가에 가지 않았다는 것을 알았다. 그리고 아무런 소식 없이 하루가 지나가 버리자 그때서야 늦게나마 파리 시내와 교외의 몇몇 짐작 가는 곳을 뒤져보기 시작했다. 하지만 소식이 들어온 것은 실종 후 4일째 되는 날이었다. 이 날, 6월 24일 수요일, 보베라는 남자가 동료 한 명과 함께 파베 쌩 탕드레가의 세느 강 맞은편에서 루르관문 근처를 찾아보던 중 어부들이 강물에 떠내려 온 시체를 건져 올렸다는 소식을 듣게 되었다. 보베는 시체를 보고 나서 잠시 망설이다가 향수 가게 아가씨가 틀림없다고 말했다. 그의 동료들도 한눈에 그렇다고 말했다.

시체는 얼굴 전체가 검붉은 피로 물들어 있었는데, 그 중 일부는 입에서 나온 피로 생각되었다. 단순한 익사체와는 달리 거품은 전혀 물지 않았다. 세포 조직의 변색은 없었으나 목 주위에는 타박상과 분명한 손자국이 남아 있었다. 양 팔은 가슴 위에 모아진 상태로 굳어 있었다. 오른손은 주먹을 꼭 쥐고, 왼손은 반쯤 벌리고 있었다. 왼쪽 손목에는 두 개의 끈을 묶었든지 아니면 끈 하나를 두 번 돌려 감은 것으로 보이는 자국이 두 줄 나 있었고, 피부는 벗겨져 있었다.

오른쪽 손목의 일부와 등 전체, 특히 양쪽 어깨뼈 부위도 심하게 벗겨져 있었다. 물론 시체를 물 밖으로 끌어낼 때 어부들이 끈으로 묶긴 했으나 이 상처는 결코 그때 생긴 것은 아니었다. 목의 피부는 심하게 부어 있었다. 하지만 베인 자국이나 무엇에 맞아 생긴 상처는 전혀 없었다. 목에는 레이스가 한 가닥 살에 파묻혀 보이지 않을 정도로 강하게 묶여 있었다. 그것은 살에 완전히 파묻혀 왼쪽 귀밑에서 매듭이 지어져 있었는데 이것만으로도 충분히 사인을 짐작할 수 있었다. 피해자의 몸가짐에 관해서는 부검의가 확신을 갖고 증언했다. 그녀는 성폭행 당했을 뿐이라고 한다. 시체가 발견됐을 당시의 상황이 대충 이랬으므로 그녀를 아는 사람이라면 별 어려움 없이 신원을 확인할 수 있었을 것이라 여겨졌다.

　옷은 심하게 찢겨지고 그렇지 않은 곳도 완전히 엉망이었다. 웃옷은 밑단에서 허리 부분까지 30센티미터 정도의 천 조각이 길게 찢겨졌으나 떨어져 나가지는 않고, 그것으로 허리를 세 번 돌려 감고 등에서 결삭매듭을 지어놓았다. 윗도리 바로 밑에는 얇은 모슬린으로 만든 천이 보였는데 45센티미터 정도로 천을 가늘게 잘라낸 모양이 아주 꼼꼼하고 완전했다. 그리고 잘라낸 천 조각으로 목 주위를 느슨히 감아 풀어지지 않게 꼭 묶어놓았다. 이 모슬린 천과 레이스 위로는 부인용 모자 끈이 묶여 있었고, 끈 끝에는 모자가 달려 있었다. 이 모자 끈을 묶은 방식은 여자들이 흔히 하는 방식이 아니라 풀매듭이나 선원매듭이라 불리는 방식이었다.

시체의 신원이 확인되었으므로 가수용소에 보내는 형식적인 절차를 거치지 않고 관례에 따라 건져낸 장소에서 그리 멀지 않은 곳에 서둘러 매장됐다. 이 일은 보베 씨 덕에 조용히 이루어졌으며, 따라서 세간에서 떠들어대기 시작한 것은 그럭저럭 5, 6일이나 지나고 나서였다. 게다가 어느 주간지가 이 사건을 기사화하는 바람에 시체를 다시 파내 새로 검시를 해야 했다. 하지만 그때에도 위에 열거한 것 외에 새로운 사실은 밝혀지지 않았다. 단지 이번에는 입고 있던 옷을 그녀의 어머니와 주위 사람들에게 보여 그녀가 집을 나갔을 때와 같은 옷이라는 확인을 받았다.

그러는 동안에도 소동은 시시각각 커져만 갔다. 몇몇 혐의자가 체포되고 석방되었다. 특히 혐의가 짙었던 것은 쌩 투스타쉬였다. 그는 처음에 마리가 집을 나간 일요일의 알리바이를 확실히 대지 못했다. 그러나 나중에 그날의 행동에 대해 한 시간 단위로 자세히 설명한 진술서를 경찰청장에게 제출했다. 아무런 성과도 없이 시간이 지남에 따라 헛소문들만 무수히 쏟아져 나왔으며 신문기자들은 기자들대로 각기 자신들의 추측을 기사화했다. 그 중에서도 가장 주목을 끈 것은 마리 로제가 아직 살아 있고 세느강에서 발견된 시체는 어느 불우한 다른 사람의 시체라는 것이었다. 여기서 이런 추측들의 주요 부분을 독자들에게 말하고 넘어가는 것이 좋을 것 같다.

다음은 민첩함을 자랑하는 '레뜨와르' 지의 기사를 대략 요약한 것이다.

「로제 양은 18XX년 6월 22일 일요일 아침, 드 두롬가에 사는 숙모 집을 방문한다는 표면적 이유를 내세우고 집을 나섰다. 그 후 그녀의 모습을 본 사람은 아무도 없다. 그녀의 행적이나 소식은 완전히 베일에 가려졌다.

(중략)

지금까지 그녀가 집을 나선 이후 그녀의 모습을 보았다고 말한 사람은 아무도 없다.

(중략)

6월 22일 오전 9시 이후 그녀가 생존해 있다는 증거는 하나도 없으나 그때까지 살아 있었다는 증거는 확실한 상태이다. 수요일 정오에 루르관문 부근 강변에 여자의 시체가 떠내려 온 것이 발견되었다. 이것이 로제 양의 시체라면 만일 로제 양이 어머니 집에서 나와 세 시간 후 강물에 던져졌다고 가정해도 발견된 건 집을 나온 지 사흘, 단 사흘에 지나지 않는다. 만일 그녀가 살해된 것이 사실이라 해도 가해자들이 한밤중이 되기 전에 시체를 강물에 던졌다고, 범행이 그렇게 빨리 끝났다고 생각하기에는 무리가 있다. 이런 흉악한 범죄를 저지르는 자는 낮보다는 밤을 택하는 것이 보통이기 때문이다.

따라서 만일 강에서 발견된 시체가 마리 로제 양이라면 그것은 겨우 이틀 반 혹은 길어봤자 사흘 동안 물속에 있었을 것이다. 여러 경험에 비추어보아 익사체, 혹은 폭력에 의해 살해된 후 즉시 물속에 던져진 시체가 부패되어 물위로 떠오르기까지는 6일 내지 10일이 걸린다고 한다. 시체가 있는 곳에 대포를 발사하면 5, 6일이 되기 전에 떠오르는 경우가 있으나 방치하면 다시 가라앉는다고 한다. 따라서 우리가 의심할 만한 사항은 이 사건에서 자연스러운 경과와 배타되는 현상을 일으킨 것이 대체 무엇인가 하는 점이다.

(중략)

만일 살해된 후 시체가 화요일 밤까지 지상에 방치되었다고 하면, 강변에서 범인들의 증거가 발견되었을 것이다. 또 살해된 지 이틀 후 강물에 던져졌다고 한다면 그렇게 빨리 시체가 떠오르는지 역시 의심스럽다. 독자들이 상상하는 것과 같은 흉악한 범죄를 저지른 범인들이 시체를 가라앉히기 위해 무거운 물건을 매달지 않고 강 속에 던졌다고는 생각하기 어렵다. 이 방법은 누구나 쉽게 생각할 수 있는 방법이기 때문이다.」

나아가 이 논설 기자는, 아마도 시체는 '사흘이 아니라 적어도 15일 동안 물속에 있었을 것이다. 실제로 보베 씨가 겨우 신원을 확인할 수 있을 정도로 부패 정도가 심하지 않았는가' 라고 했다. 하지만 이 마지막 점에 관해서는 완전한 반증이 있다. 그럼 기사를 조금 더 요약해 보자.

「다음으로 보베 씨는 이 시체를 의심할 여지없이 마리 로제 양이라고 단정했는데 대체 이 증언은 무엇을 근거로 한 것인가. 그는 상의의 소매를 잘라내고 그녀임을 확인할 수 있는 어떤 신체적 특징을 발견했다고 한다. 이 신체적 특징을 사람들은 당연히 무슨 흉터 같은 것이라고 상상하고 있지만, 그는 단지 털이 있는지 없는지 팔을 만져보았을 뿐이라고 한다. 이렇게 애매한 말이 어디 있는가. 마치 소매 속을 찾아보니 팔이 있었다는 것과 조금도 다를 바가 없지 않은가. 그날 밤 보베 씨는 집에 돌아가지 않았고, 수요일 밤  7시에 마담 로제에게 아직 로제 양에 대한 검시가 진행 중이라는 말을 전했을 뿐이다.

백보 양보하여 마담 로제는 노인에다가 슬픔에 겨워 현장에 갈 수 없었다고 하자. 하지만 정말로 시체가 마리 양의 것이라고 믿었다면 당연히 누군가 한 사람이라도 현장에 가서 검시에 입회할 생각을 했을 것이다. 그러나 실제로 아무도 현장에 가지 않았다. 파베 쌩 탕드레가에서 이 문제에 관해 어떤 얘기가 오고 갔던 흔적은 전혀 없었다. 같은 건물에 사는 주민들조차 아무 얘기도 듣지 못했다고 한다. 마리 양의 애인이며 약혼자이고 마담 로제의 여관에 하숙까지 하고 있는 쌩 투스타쉬 씨조차 시체가 발견됐다는 사실은 다음 날 아침 보베 씨가 그의 방에 찾아와 알려줄 때까지 전혀 알지 못했다고 진술했다. 이런 뉴스가 어떻게 이렇게 냉담하게 받아들여진다는 말인가.」

　이렇게 신문은 마리의 주변 인물들의 냉담함을 강조함으로써 시체가 마리라는 의견과 심히 모순된다는 사실을 어떻게든 믿게 하려고 있었다. 결국 이 신문이 주장하는 바는 이렇다. 마리는 그녀의 정조에 대한 비난을 피하기 위해 주변 사람들의 묵인하에 파리를 떠난 것이며, 주변 사람들은 마침 세느강에 그녀와 다소 비슷하게 보이는 시체가 떠오른 것을 기회 삼아 마치 그녀가 죽은 것처럼 세상에 알리려 했다는 것이다. 그러나 이 점에 관해서도 '레뜨와르' 지는 약간 성급했다. 즉 이 신문이 주장하는 것처럼 그녀의 주변 사람들은 결코 냉담하지 않았다는 증거가 나온 것이다.
　마담 로제는 실제로 매우 건강이 안 좋은데다가 너무 정신이 없는 상태였으므로 어머니로서 취해야 할 행동을 전혀 못했다는 것이다. 그리고 쌩 투스타쉬도 이 소식을 듣고 아무렇지도 않은 것이 아니라 너무나도 슬픈 나머지 정신을 거의 잃은 상태가 되었으며, 오히려 보베 씨가 그의 친척 중 한 사람에게 시체 발굴이나 재검시에 투스타쉬를 절대 입회하지 못하게 하라고 부탁했을 정도라고 한다. 게다가 '레프와르' 지는 자신들이 주장하는 바를 뒷받침할 목적으로, 시체의 재매장이 시의 공적 자금으로 이루어졌다든가, 집안 묘지에 합장하는 것이 좋지 않겠냐는 의견이 나왔음에도 불구하고 가족들이 일언지하에 거절했다든가, 매장할 때 가족들이 아무도 참석하지 않았다든가 하는 사실을 계속 강조했는데 이 또한 모두 충분한 반증이 있다. 나아가 그 후의 논조를 보면 이번엔 보베에게 혐의를 뒤집어씌우고 있다. 즉 기자는 이런 주장을 하고 나섰다.

「그런데 이제 사건의 양상은 변했다. 어느 날 마담 B라는 여성이 마담 로제의 집을 방문하고 있었는데 마침 보베 씨가 외출하다가 마담 로제에게, 오늘은 헌병이 찾아올 텐데 자신이 돌아올 때까지 헌병에게 아무 얘기도 해서는 안 되며 모든 것은 자신에게 맡겨두라고 얘기하는 것을 들었다고 한다.

 (중략)

 이런 정황으로 미루어보아 모든 비밀은 보베 씨의 가슴에 숨겨져 있는 듯하다. 이번 사건은 그의 협조 없이는 한 걸음도 진전이 없을 것이다. 즉 어느 쪽으로 나가더라도 그와 부딪힐 것이다.

(중략)

　무슨 이유에서인지는 모르지만 이번 사건을 처리함에 있어 그는 자신 이외의 사람은 전혀 관여하지 못하게 할 생각인 듯 특히 남자 친척들을 멀리했다. 이런 그의 행동이 매우 수상하다고 친척들이 이의를 제기했다. 그는 아무튼 친척들이 시체를 보는 것을 극도로 꺼렸다고 한다.」

　게다가 보베 씨의 혐의는 다음 사실에 의해 다소 사실처럼 보이기도 했다. 마리 로제가 실종되기 며칠 전 그의 사무실을 찾은 한 남자의 얘기에 따르면, 그가 없는 동안 문의 열쇠구멍에 장미꽃 한 송이가 꽂혀 있었으며 옆에 걸려 있던 작은 칠판에 '마리'라는 이름이 쓰여 있었다고 한다.
　한편 다른 여러 신문들은 그녀가 불량배들에 의해 희생되었다는 것, 즉 불량배들의 손에 강 건너편으로 유괴되어 폭행 당한 후 살해되었다는 의견을 피력하고 있었다. 하지만 권위를 자랑하는 '르 코메르시에르'지와 같이 세상의 통념에 강하게 반대하는 의견도 있었다. 이 신문의 기사도 조금 인용해 보겠다.

「수사의 중심이 루르관문에 쏠려 있는 한 유감스럽게도

우리는 방침을 잘못 잡았다고 할 수밖에 없다. 피해자처럼 다수의 시민들에게 얼굴이 알려진 여인이 누구의 눈에도 띄지 않고 세 블록이나 걸어간다는 것은 있을 수 없는 일이다. 그녀를 아는 사람은 모두 그녀에게 관심을 갖고 있었을 것이므로 만일 그녀를 본 사람이 있다면 기억하고 있을 것이다. 게다가 그녀가 집을 나선 것은 거리에 사람들의 왕래가 많은 시간이었다.

(중략)

루르관문에 가든 드 두롬가에 가든 적어도 그녀의 얼굴을 아는 열 명 안팎의 사람들과 마주치지 않았을 리가 없다. 그러나 그날 밖에서 그녀를 봤다는 증인이 아직 한 명도 없고, 또 그녀가 외출했다는 것도 단지 본인이 그렇게 말했을 뿐 아무런 증거가 없다. 피해자의 상의에서 찢어낸 천으로 몸을 둘둘 말아 묶은 것으로 보아 그녀는 짐처럼 옮겨진 것 같다. 만일 루르관문에서 살해당했다면 이렇게 할 필요는 없었을 것이다. 시체가 관문 근처에 떠 있었다는 것이 반드시 그 장소에서 물에 던져졌다는 증거가 될 수는 없다.

(중략)

피해자의 페티코트 일부가 폭 30센티미터, 길이 60센티미터의 크기로 찢겨졌고 그것으로 후두부를 한 바퀴 감아 턱 밑에서 묶어놓은 것은 아마도 소리를 지르지 못하게 하기 위한 것으로 보인다. 이는 분명 손수건을 갖고 있지 않은 자들의 소행임에 틀림없다.」

그런데 경찰청장이 우리를 찾아오기 하루나 이틀 전쯤 중대한 정보가 경찰청에 입수됐고 그로 인해 이 '르 코메르시에르' 지의 견해 중 주요 부분은 완전히 뒤집어진 듯 보였다. 그 정보는 이런 것이었다. 마담 드뤽이란 부인의 두 아들이 루르관문 부근의 숲을 거닐다가 우연히 나무가 우거진 곳에 들어갔는데 거기에 큰 돌 서너 개가 등받이와 발받침이 있는 의자 모양으로 놓여져 있었고 상부의 돌 위에 흰 페티코트가, 하부의 돌 위에 실크 스카프가 놓여져 있었다는 것이다. 이 외에 양산과 장갑, 손수건 등도 발견되었다. 손수건에는 마리 로제라는 이름이 수놓여 있었다.

또 주위의 가시덤불 위에는 가시에 걸려 찢어진 옷 조각이 걸려 있었다. 땅바닥에는 발자국이 어지럽게 찍혀 있고 나뭇가지가 부러진 것으로 보아 격투가 벌어졌음이 확실했다. 숲과 강 사이에는 나무 울타리가 쓰러진 곳이 있었으며, 땅에는 무언가 무거운 물건을 끌고 간 자국이 확실히 남아 있었다고 한다.

다음은 이 발견에 대한 주간지 '르 솔레이유'의 견해인데, 이는 파리 신문 전체의 논조라고 해도 좋을 것이다.

「분명 이 유품들은 적어도 3, 4주 동안 거기 있었던 것으로 보인다. 비 때문에 심하게 곰팡이가 폈고 곰팡이 때문에 착 달라붙어 있었다. 주위의 풀은 무성히 자라 유품의 일부를 완전히 가리고 있었다. 실크로 만든 양산 천은 아직 양호한 상태였지만, 안쪽의 실은 서로 엉겨붙었고 이중으로 겹쳐진 부분의 표면은 곰팡이가 펴 양산을 펼치자 찢어졌다.

가시덤불에 찢겨진 옷은 폭 8센티미터, 길이 15센티미터 정도의 크기인데 그 중 하나는 상의의 가장자리 부분으로 바느질로 마무리되어 있었다. 또 하나는 치마의 일부분으로 가장자리는 아니었다. 이것들은 가시덤불에 걸려 찢겨진 것으로 보이며 지면에서 약 30센티미터 높이에 걸려 있었다.

(중략)

따라서 이제 흉악한 범죄의 현장이 발견된 것이다.」

이 발견으로부터 새로운 증거가 확보됐다. 마담 드뤽의 증언에 따르면 그녀는 루르관문 건너편 강변에서 그리 멀지 않은 곳에서 작은 여관을 운영하고 있는데 그 부근은 남의 눈에 잘 띄지 않는 곳으로 일요일에는 불량배들이 배를 타고 강을 건너와 모임을 갖곤 했다고 한다. 문제의 그 일요일 오후에는 3시경, 한 젊은 아가씨가 피부색이 검은 청년과 함께 나타났다. 아가씨와 청년은 잠시 그곳에 머물렀는데 돌아갈 때 그들은 근처의 깊은 숲 쪽으로 걸어갔다. 마담 드뤽은 아가씨가 입고 있던 옷이 죽은 친척 아이의 것과 매우 비슷해 기억하고 있다고 했다. 또 스카프가 특히 눈에 띄었다. 그런데 두 사람이 떠나고 나서 잠시 후 불량배들 한 무리가 나타나 시끄럽게 먹고 마신 후 돈도 내지 않고 두 사람이 간 방향으로 사라졌다가 해질 무렵에 다시 나타나 무언가에 쫓기는 듯한 모습으로 다시 강을 건너갔다고 한다.

같은 날 밤 해가 지고 나서 마담 드뤽과 그의 장남이 여관 근처에서 여자의 비명 소리를 들었다. 하지만 날카로운 그 비명 소리는 곧 그쳤다. 마담 드뤽은 숲에서 발견된 스카프뿐만 아니라 시체가 입고 있던 옷도 본 기억이 있다고 증언했다. 또 승합마차의 마부인 발란스도 문제의 그 일요일에 마리 로제가 피부색이 검은 청년과 함께 세느강을 건너는 것을 봤다고 증언했다. 이 발란스라는 남자는 마리를 잘 알고 있어 결코 잘못 봤을 리가 없다고 한다. 숲속에서 발견된 유품은 마리의 친척들에 의해 틀림없이 그녀의 것임이 확인되었다.

뒤팽의 지시로 내가 여러 신문에서 수집한 증거 내지 정보에는 또 한 가지 새로운 사실이 있었다. 그런데 이것은 매우 중요한 정보였다. 왜냐하면 이 옷가지가 발견된 직후, 약혼자 쌩 투스타쉬가 거의 숨이 끊어져가는 상태로 이 흉악한 범죄의 현장이라 거의 확실시되고 있는 지점과 아주 가까운 곳에서 발견됐기 때문이다. 그리고 그 옆에는 '아편'이라고 써진 빈 병이 떨어져 있었다. 그의 호흡으로 보아 분명 독극물을 먹은 듯했다. 그는 한 마디도 못하고 죽어버렸다. 나중에 조사한 바에 따르면 그는 편지를 한 장 지니고 있었으며, 거기에 마리에 대한 애정과 자살 동기가 간단히 적혀 있었다.

내 메모들을 본 뒤팽은 이렇게 말했다.

「더 말할 것도 없지만 이번 사건은 모르그가의 살인사건보다 훨씬 복잡한 것 같군. 첫째, 가장 중요한 점이 달라. 즉 두 사건 다 잔인하기는 하지만 실은 매우 평범하고 일반적인 범죄에 지나지 않아. 특이한 점은 하나도 없네. 자네도 알겠지? 그렇기 때문에 왠지 사건이 쉽게 해결되리라 생각되고 있지. 하지만 실은 그렇기 때문에 더욱 해결이 어렵다고 생각해야만 한다네. 처음에는 현상금도 필요 없다고 하지 않았나. G의 부하들은 이런 흉악한 범죄가 왜, 그리고 어떻게 일어났는가에 대해 여러 가지 다양한 방법과 동기를 머릿속에 떠올릴 수 있지. 그리고 그 방법이나 동기 하나하나가 실제로 충분히 가능성이 있는 거라면 그 중 하나일 거라고 처음부터 단정해 버리는 거야. 그런데 이렇게 여러 가지를 쉽게 상상할 수 있다는 것과 이들 여러 동기와 방법이 다 진짜처럼 보인다는 점이야말로 결코 해결이 쉽지 않은 이유라고 해야 할 걸세.

그래서 내가 말하지 않았나. 만일 이성이란 것이 진실을 찾아 탐색해 간다면 그것은 상투적이고 진부한 면에서 한 걸음 물러난 것을 근거로 해야 한다고. 이번 사건도 진정한 문제는 '무슨 일이 일어났는가' 가 아니라 오히려 '지금까지 결코 일어난 적이 없는 무엇이 일어났는가' 라고 할 수 있네. 언젠가 레스파네 부인 집을 수색했을 때도 G의 부하들은 정상적인 아이큐를 가진 자라면 틀림없이 성공했을 그 비정상성을 눈앞에 두고도 어이없게 물러나지 않았나.

이번 향수 가게 아가씨의 경우도 눈에 보이는 것은 모조리 평범하고 진부한 것이라네. 따라서 이 경우에도 마찬가지로 정상적인 지력을 가진 사람이라면 당연히 절망에 빠졌어야 마땅해. 하지만 경찰청 녀석들은 반대로 그저 '좋았어, 좋았어' 하고 있지 않나.

레스파네 모녀의 경우에는 수사 초기부터 이미 타살이라는 것이 분명했네. 자살은 처음부터 생각도 하지 않았지. 물론 이번에도 자살이라는 생각은 처음부터 생각에서 배제됐어. 루르관문에서 발견된 시체는 이 중대한 점에 있어 더 이상 의심할 여지가 없을 정도로 분명한 상태였네. 그런데 그때 그 시체가 마리가 아니라는 의견이 나온 거네. 현상금이 걸렸다는 것은 마리의 살해자 내지 가해자들을 찾아내기 위한 것이고, 또 우리가 경찰청장과 일종의 제휴를 한 것도 오로지 마리에 관해서일세. 우리는 경찰청장의 사람 됨됨이를 잘 알고 있지만 그를 너무 믿어서는 안 되네.

그런데 만일 우리의 수사가 발견된 시체를 기점으로 시작했는데 그것이 마리가 아닌 다른 사람의 시체라면 어떻게 되겠나? 또 마찬가지로 마리는 살아 있다는 전제에서 시작했는데 살아 있는 그녀를 발견한다면 어떻게 되겠나? 어느 경우든 우리는 헛고생만 하게 되는 거야. 왜냐하면 우리의 거래 상대는 다름 아닌 G니까. 재판이야 어떻게 되든 어쨌든 우리의 첫 번째 목적은 과연 그 시체가 행방불명된 마리인지를 밝혀내는 데 있다네.

　세간에서는 '레프와르' 지의 논조가 매우 중요시되고 있어. 또 그 신문이 자신의 논조에 대해 자신 있어한다는 것은 이번 문제와 관련된 기사의 첫 부분을 보면 알 수 있지. 보게. '오늘자 조간신문들은 모두 월요일자 본지의 단정적 기사에 관해 언급하고 있다' 고 써 있네. 그런데 나는 이 기사가 그저 필자 본인이 열심히 썼다는 사실 외엔 별로 단정적인 것이라고 생각되지 않네. 대체 신문의 목적이 무엇인가? 진실을 추구하는 것보다는 어떤 센세이션을 일으키는 것, 단지 화제를 불러일으키는 것이라는 걸 절대 잊어서는 안 되네. 전자가 후자와 일치하는 것처럼 보일 때만 추구되는 목적이지. 그저 평범하고 일반적인 여론에 동의하는 신문은 설사 그것이 아무리 근거 있는 것이라 해도 결코 우매한 대중의 신용을 얻을 수 없다네. 대중은 일반 여론에 대해 신랄한 반대 의견을 논하는 인간을 사려 깊다고 착각하지. 문학이나 추리에서도 마찬가지야. 가장 직접적이고 일반적으로 이해되는 것은 다름 아닌 경고 문구지. 이것은 사실 아주 저급한 것인데도 말이야.

내가 하고 싶은 말은 이거라네. 즉 '레뜨와르' 지가 마리 로제가 아직 살아 있다는 생각을 해냈고 대중도 이 생각을 환영하고 있다는 것. 이것은 결코 그것이 진실처럼 보이기 때문이 아니라 단지 그 안에 경고성과 극적 흥미가 뒤엉켰기 때문이야. 이 신문의 논조를 구성하는 요소들을 하나하나 음미해 볼까?

우선 첫째로 이 필자의 목적은 마리가 실종된 후 시체가 발견되기까지의 시간이 짧다는 것을 들어 이 시체가 마리가 아니라는 것을 입증하고자 하는 것일세. 따라서 시간을 가능한 짧게 만드는 것이 필자가 원하는 바겠지. 그런데 이걸 너무나 성급하게 했기 때문에 처음부터 지나치게 단순 가정론에 빠져 버린 거지. '만일 그녀가 살해됐다고 해도 가해자들이 한밤중이 되기 전에 시체를 강물에 던졌다고, 범행이 그렇게 빨리 끝났다고 생각하기에는 무리가 있다' 라고. 우리는 이에 대해 즉각 왜냐고 반문해야 해.

예를 들어 마리가 집을 나선 후 5분 이내에 범행이 이루어졌다고 가정하는 게 왜 무리란 말인가? 그날 하루 중 어느 때든 범행이 일어났다고 가정하는 게 왜 무리한 일인가? 살인은 어떤 시간에든 일어나지. 범행이 일요일 아침 9시부터 밤 11시 45분 사이에 언제 일어났든 '한밤중이 되기 전에 시체를 강물에 던질' 시간은 얼마든지 있었을 거야. 따라서 이 필자의 가설은 결국 범행이 일요일에 이루어지지 않았다는 뜻이 되네.

만일 '레뜨와르' 지가 이런 가설을 세우도록 허용한다면 이젠 이들이 제멋대로 무슨 짓을 하든 인정해야 할 걸세. 즉 '만일 그녀가 살해됐다고 해도'로 시작되는 구절은 그저 신문지상에 표면적으로 나타낸 것일 뿐 실제로 필자의 머릿속에 있었던 것은 이런 게 아니었을까?

'만일 그녀가 살해됐다고 해도 가해자들이 한밤중이 되기 전에 시체를 강물에 던졌다고, 범행이 그렇게 빨리 끝났다고 생각하기에는 무리가 있다. 즉 한편으로 이런 상상을 하면서 동시에 시체가 한밤중이 된 후에도 던져지지 않았다고 상상하는 것은 분명 무리가 있다.'

하하, 전혀 앞뒤가 맞지 않는 문장이지만 그래도 이 신문에 실린 문장보다는 좀 낫지 않나?

만일 내 목적이 오로지 '레뜨와르' 지의 논평 구절을 반박하는 것이라면 이런 건 차라리 그냥 내버려두는 편이 좋을 거야. 하지만 우리의 상대는 '레프와르' 지가 아니야. 정말 이라네. 이 문장이 의미하는 것은 한 가지밖에 없어. 나는 그 의미를 확실히 말했고. 하지만 말이란 건 그 배후까지 포함해 끝내 전하지 못한 의미까지 파악하는 것이 중요하네. 기자들이 말하고 싶었던 건 범행이 일요일 낮과 밤 중 언제 일어났든 가해자들이 시체를 한밤중이 되기 전에 강으로 옮기는 바보 같은 짓을 했을 리가 없다는 거지. 내가 이 가설을 받아들일 수 없는 건 바로 이 점 때문일세.

즉 이 기사에서는 범행이 반드시 시체를 강까지 옮겨야 하는 장소에서, 그리고 그런 가정하에 일어났다고 처음부터 단정짓고 있어. 하지만 자네도 알다시피 범행은 강가에서든 강 위에서든 이루어질 수 있는 것이고 그럴 경우 가장 손쉬운 시체 처리 방법은 낮이든 밤이든 강물에 던져 넣는 것 아니겠나? 오해는 없겠지? 나는 반드시 이랬을 것이라고 말하는 것도 아니고 내 의견이 그렇다는 것도 아니야. 단지 '레프와르' 지의 논조 전체가 처음부터 이상한 편견에 빠져 있다는 걸 이야기하고 싶은 거지.

이 신문은 이런 식으로 자기 선입관에 딱 들어맞게 범위를 한정시켜 놓고 만일 그 시체가 마리라면 그것이 물속에 가라앉아 있었던 시간이 너무 짧다는 가설을 세우며 계속 논지를 펼치고 있어.

「여러 경험에 비추어보아 익사체, 혹은 폭력에 의해 살해된 후 즉시 물속에 던져진 시체가 부패되어 물 위로 떠오르기까지는 6일 내지 10일의 시간이 소유된다고 한다. 시체가 있는 곳에 대포를 발사하면 5, 6일이 되기 전에 떠오르는 경우가 있기는 하지만 방치하면 다시 가라앉는다.」

이 주장은 '르 모니투르' 지를 제외하고 파리의 모든 신문들이 암암리에 인정하고 있는 것이네. 이 '르 모니투르' 지는 익사체가 '레뜨와르' 지의 주장보다 빨리 떠오른 실례를 대여섯 건 들어 '익사체' 운운하는 구절을 반박하려 했네. 하지만 '레뜨와르' 지의 일반적 주장을 반박하기 위해서 단순히 그와 반대되는 특수한 예를 드는 식의 수법은 너무 비논리적이라 생각되지 않나? 예를 들어 대여섯 개가 아니라 2, 3일 만에 떠올랐다는 실례 50개를 열거한대도 역시 그 50개가 전부 예외 취급을 받으면 할 수 없는 일이네. 적어도 '레뜨와르' 지의 원칙 자체가 논파되지 않는 한 말이야. 이 원칙을 인정하는 한, '르 모니투르' 지는 그것을 결코 부정한 게 아니라 단지 원칙의 예외를 주장한 것에 지나지 않고, '레뜨와르' 지의 주장은 전혀 효력을 잃지 않지. 왜냐하면 그 논쟁은 단지 사흘 이내에 시체가 떠오를 가능성만을 포함하고 있을 뿐이거든. 따라서 이런 유치한 실례 열거가 반대원칙을 확립하기에 충분한 숫자가 되지 않는 한 오히려 '레뜨와르' 지의 주장이 더 유리하다고 할 수 있지.

이제 자네도 알았을 테지만 이 점에 있어 논쟁을 벌이고 싶다면 오로지 그 원칙 자체에 대해서 그래야 하네. 그러기 위해서는 원칙의 이론적 근거 자체를 검토해야 하지. 본래 인간의 몸은 일반적으로 세느강 물보다 가볍지도 무겁지도 않아. 다시 말 해 인체의 비중은 자연적 상태에서 그것이 배제하는 담수의 양과 거의 같지. 뼈가 가늘고 살이 찐 남자나, 일반적인 여자의 몸으로선 뼈가 굵지만 마른 사람, 둘 중에서도 특히 여자의 몸이 남자의 몸보다 가벼운 것이 원칙이네.

강물의 비중은 바닷물의 유입량에 따라 조금씩 달라지지. 이 바닷물의 유입량 문제를 무시하면 아무리 해수가 아닌 담수일지라도 인체가 저절로 가라앉는 일은 없다고 할 수 있어. 강에 빠지더라도 대게는 물의 비중과 자신의 비중의 평형을 잡을 수 있지. 다시 말해 자기 몸의 가능한 많은 부분을 물속에 푹 담그면 대부분의 경우 몸이 떠오르게 마련이라네. 헤엄을 못 치는 사람은 땅에서 걸을 때처럼 똑바로 서서 머리를 한껏 뒤로 젖히고 입과 콧구멍만 물 밖으로 내놓은 채 물에 푹 잠기는 것이 가장 좋은 자세이지. 이렇게 하면 별로 힘들이지 않고 가만히 떠 있을 수 있어. 그러려면 체중과 배제된 물의 무게가 교묘하게 균형을 이루어야 하는데 이 균형은 아주 작은 일로도 깨질 수 있지.

예를 들어 팔 하나만 물 밖으로 내놓아도 금방 몸을 지탱할 수 없게 되고, 그것이 그대로 무게가 되어 머리가 가라앉게 되는 거라네. 그 대신 또 아주 작은 나무 조각 하나라도 붙잡을 것이 있으면 반대로 고개를 들고 주위를 둘러볼 수도 있게 되지. 그런데 헤엄을 못 치는 사람일수록 양팔을 마구 휘저으며 머리를 똑바로 들고 있으려 한다네. 그 결과 입과 콧구멍이 물속에 잠기게 되는데도 말이야. 그리고 물속에서 숨을 쉬려고 하니 어쩔 수 없이 폐로 물이 들어가고 위 속에도 다량의 물이 들어간다네. 이렇게 되면 원래 몸속에 차 있던 공기의 무게와 새로 들어온 물의 무게 차이만큼 체중이 무거워지고 일반적으로 이 정도의 무게가 차면 몸이 가라앉기에 충분한 거지. 하지만 뼈가 가늘고 비정상적으로 지방이 많은 체질인 경우에는 이 원칙이 적용되지 않고 익사 후에 계속 물에 떠 있기도 해.

반면 일단 강바닥에 가라앉은 후에는 비중이 배제하고 있는 물의 무게보다 가벼워질 때까지 그대로 계속 가라앉아 있다네. 그리고 그걸 떠오르게 하는 원인으로는 부패작용 같은 것이 있어. 부패하면 우선 가스가 발생하지. 이 가스가 세포조직뿐 아니라 온몸의 공간이란 공간을 모두 팽창시켜 익사체 특유의 무섭게 부풀어 오른 모습으로 바꾸어놓지. 이 팽창작용이 계속되어 질량, 혹은 중량의 변화 없이 시체의 용적만 점점 늘어나면 비중은 배제하는 물보다 적어지게 되고 다시 물위로 떠오르는 거라네. 그런데 이 부패작용은 아주 수많은 요인에 의해 영향을 받지. 즉 수많은 요인이 작용함으로써 부패작용이 더 빨라지기도 하고 느려지기도 하는 거지.

예를 들어 더위나 추위, 물에 포함된 광물질의 함유량, 수심, 물의 흐름, 그 밖에도 시체의 주요한 체질, 사망 전의 질병 유무 등 실로 많은 원인이 있어. 이러니 시체가 언제 부패작용에 의해 떠오를지는 도저히 정확히 예측할 수 없는 거라네. 몇몇 조건만 갖추어지면 한 시간 안에 떠오를 수도 있고 또 다른 조건 때문에 끝끝내 떠오르지 않는 경우도 있을 수 있다는 소리지. 그리고 동물의 몸이 영구히 부패하지 않도록 몸속에 주입하는 화학약품도 있어. 염화제2수은이 그 중 하나라네.

또 이 부패작용 말고도 위 속에 있던 식물성 물질이 발효하면서 발생하는 가스도 있을 수 있는데 이것은 사실 흔히 일어나는 현상이라네. 이런 작용은 또 다른 원인에 의해 위만이 아니라 다른 체강에서도 자주 일어날 수 있는데 그러면 체강이 넓어지면서 이 또한 시체가 떠오르는 원인이 되지. 대포를 발사해 일어나는 효과는 단순한 진동의 결과에 지나지 않아. 즉 진동에 의해 강바닥에 묻혀 있던 시체가 진흙에서 분리됐을 때 다른 여러 조건들이 잘 갖추어지면 시체는 바로 떠오르겠지. 혹은 부패된 세포조직의 점성에도 불구하고 우연한 이유로 가스 때문에 갑자기 체강이 팽창하는 경우도 있어.

이상 이 문제에 관한 이론을 남김없이 열거하면 '레드와르' 지의 주장 같은 건 손쉽게 검토할 수 있다네. 이 신문의 주장은 이렇지.

'여러 경험에 비추어보아 익사체, 혹은 폭력에 의해 살해된 후 즉시 물속에 던져진 시체가 부패되어 물위로 떠오르기까지는 6일 내지 10일의 시간이 소유된다고 한다. 시체가 있는 곳에 대포를 발사하면 5, 6일이 되기 전에 떠오르는 경우가 있기는 하지만 방치하면 다시 가라앉는다'였지?

이제 이 구절이 모순 덩어리라는 것을 알 수 있을 걸세. '익사체'가 부패·분해작용에 의해 떠오르는데 6일 내지 10일이 걸린다니, 도대체 어떤 경험에 의한 것이란 말인가? 과학적으로든 경험에 비추어보든 우리가 얻을 수 있는 답은 오직 하나, 떠오르는 시기는 알 수 없다. 또 당연히 그럴 수밖에 없다는 거야. 게다가 대포를 쏴서 시체가 떠올랐다고 해도 '그대로 방치하면 다시 가라앉는다'라고? 그야 부패가 너무 진행된 나머지 발생한 가스가 운 좋게 다 빠져나왔다면 모를까 새빨간 거짓말이야. 단 한 가지 주목해야 할 것은 이 기사도 '익사체'와 '폭력에 의해 살해된 후 즉시 물속에 던져진 시체'를 확실히 구별했다는 거지. 물론 필자는 이렇게 구별해 놓고도 두 경우를 모두 동일한 범주에 넣고 말았지만.

물에 빠진 사람의 비중이 같은 용적의 물보다 무겁다는 것, 그리고 허우적거리며 팔을 물 밖으로 내밀거나 물속에서 숨쉬려다 공기가 차 있던 폐 속에 물이 들어가는 사태만 아니라면 결코 가라앉지 않는다는 것은 앞서도 말한 바 있네. 그런데 '폭력에 의해 살해된 후 즉시 물속에 던져진 시체'의 경우엔 그런 허우적거림이 없어. 그러므로 후자의 경우에 시체는 원칙적으로 결코 가라앉지 않는다는 사실을 '레뜨와르'지는 몰랐던 거야. 물론 부패작용이 상당히 진행된 경우, 예를 들어 다량의 살이 뼈에서 떨어져 나간 경우엔 가라앉을 수도 있겠지만 그러기 전에는 결코 가라앉지 않아.

이렇게 되면 '레뜨와르'지의 주장, 즉 시체는 단 사흘밖에 지나지 않았음에도 떠 있었으니 마리 로제가 아니라는 논법을 대체 어떻게 해석하면 좋겠나? 만일 익사했다면 여자이기 때문에 가라앉지 않았을지도 모르고, 또 한 번 가라앉았더라도 의외로 24시간 이내에 다시 떠올랐을지도 몰라. 하지만 그녀가 익사했다고 생각하는 사람은 한 명도 없네. 그렇다면 역시 강에 던져지기 전에 살해당했고 정확한 시간은 모르지만 어느 정도 시간이 흐른 후 떠 있는 상태로 발견되었다는 얘기 아닌가?

또 '레뜨와르'지는 이렇게도 썼지. '만일 살해된 후 시체가 화요일 밤까지 지상에 방치되었다고 하면 강변에서 범인들의 증거가 발견되었을 것이다'라고. 별 생각 없이 읽으면 필자의 의도를 거의 이해할 수 없는 문장이야. 이건 마치 자기 이론을 스스로 반박하는 거나 마찬가지 아닌가. 시체를 이틀이나 지상에 방치하면 물속에 있는 것보다 훨씬 빨리 부패할 거야. 그래서 이 필자는 생각했겠지. 그렇다면 수요일에 떠올랐을 수도 있을 것이다. 아니, 그렇지 않으면 떠오를 리가 없다고. 그러고 보니 이번엔 황급히 아니, 지상에 방치되지는 않았다고 생각했겠지. 왜냐하면 만일 그랬다면 당연히 '강변에서 범인들의 증거가 발견되었을 것' 이니까. 이 추론에는 아마 자네도 웃음을 참지 못할 거야. 생각해 보게. 단지 시체를 강변에 놔두었다고 해서 왜 범행의 증거가 늘어나겠나? 말도 안 되는 소리 아닌가? 나는 정말 모르겠네.

그리고 또 '독자들이 상상하는 것과 같은 흉악한 범죄를 저지른 범인들이 시체를 가라앉히기 위해 무거운 물건을 매달지 않고 강에 던졌다고는 생각하기 어렵다. 이 방법은 누구나 매우 쉽게 생각할 수 있는 방법이기 때문이다' 라고도 썼지. 이 얼마나 우스운 사고인가! 아무도 심지어 '레뜨와르' 지 자신도 발견된 시체가 타살되었다는 것을 부정하지 않아. 폭력의 증거는 너무나도 명확하니까. 필자의 목적은 하여튼 그것이 마리의 시체가 아니라는 것을 증명하려는 거야. 마리는 살해당하지 않았다는 것을 증명하고 싶은 거지, 시체가 타살된 것이 아니라는 걸 증명하고자 하는 게 아닐세.

그런데 이 필자의 글은 사실 후자 쪽을 증명할 뿐이지. 여기 무거운 것을 매달지 않은 시체가 있다. 만일 범인들이 그것을 던졌다면 설마 무거운 것을 매달지 않았을 리가 없다. 그러니 시체는 범인들이 던져 넣은 것이 아니다, 이거 아닌가. 만일 이것이 무언가를 증명한다면 기껏 이 정도일 걸세. 그것이 과연 마리의 시체인지 아닌지 하는 점은 거의 문제 삼지도 않았어. 이래서는 '레뜨와르' 지가 스스로 방금 한 말을 그 자리에서 식은 땀 흘리며 부정하고 있는 꼴이란 말일세. '발견된 시체가 피해 여성의 시체라는 것은 한 점 의혹도 없다' 라고 할 정도니까.

이 필자가 무의식중에 자가당착적인 설을 내세우고 있다는 예는 이것뿐만이 아니라네. 앞서도 말했다시피 이 필자의 목적은 분명 마리의 실종에서 시체 발견에 이르는 시간을 가능한 줄여보려는 거야. 그러면서 한편으로는 마리가 집을 나선 후 누구 하나 그 모습을 본 사람이 없다는 것을 계속해서 강조하고 있어. '6월 22일 오전 9시 이후 그녀가 생존해 있었다는 증거는 하나도 없다' 라고.

이 사람은 극도로 한쪽에 치우친 주장을 늘어놓고 있는
데 그럴 바에는 아예 이런 문제는 모른 척하면 좋았을 텐
데. 자, 보게. 만일 월요일이나 화요일에 누군가 한 사람이
라도 마리를 봤다는 사람이 나와 보게. 당연히 문제의 그
시간은 단번에 단축이 되고 이 사람이 원하는 대로 그 시체
가 마리가 아니라는 것은 더욱 확실해지는 거지. 그런데 우
습지 않은가? 이 기사는 전체 주장을 뒷받침하려다가 오히
려 완전히 역효과인 점을 강조하는 꼴이 됐어.

다음으로 보베가 시체 검증을 한 것도
언급하고 있네. 다시 읽어보게. 팔의 털에
관한 얘기는 완전히 '레뜨와르' 지의 치사
한 수법이야. 보베가 바보가 아닌 이상 그
저 팔에 털이 있다고 그것으로 마리라고
단정할 리가 있나? 팔에 털이 없는 사람
이 어디 있다고. 요컨대 '레뜨와르' 지의 일반적인 논법은
증인의 말을 고의적으로 왜곡시킨 것에 불과해. 아마 보베
는 그 털에 관해 어떤 특이한 특징을 증언했겠지. 예를 들
어 빛깔이나 양, 길이, 털이 난 부위 등에 관해 뭔가 특징적
인 점을 들었을 거야.

또 '레뜨와르' 지는 이렇게도 썼다네.

'피해자의 발이 작았다고 하는데 발이 작은 사람은 얼마든지 있다. 양말 벨트나 구두도 전혀 증거가 될 수 없다. 이런 것은 대량으로 생산되고 판매되기 때문이다. 모자의 꽃 장식도 마찬가지이다. 또 보베가 강조하는 증거 중 하나는 양말 벨트를 줄이기 위해 고리를 거꾸로 당겨 조여놓았다는 것인데 이 또한 증거가 될 수 없다. 왜냐하면 대개의 여성들은 집에 가서 자신의 허벅지 사이즈에 맞춰 조절하지 그것을 산 가게에서 조절하지는 않기 때문이다' 라고.

이 문장은 필자의 성실성을 의심케 하는군. 보베의 입장에서는 마리의 시체를 찾던 중 전체적인 체형이나 체격이 비슷한 시체를 발견하면 옷차림까지 생각하지 않더라도 바로 찾았다는 생각이 드는 게 당연하지 않은가? 게다가 팔에 전에 본 적이 있는 어떤 특징적인 털까지 있으니 어떻겠나? 한층 강하게 확신함과 동시에 그 털의 특징이나 특이한 점까지 확인하면 더욱 자신이 붙는 것은 당연한 일이지.

또 마리는 발이 작았는데 발견된 시체도 발이 작으니 이쯤 되면 틀림없이 마리일 가능성은 기하급수적으로 늘어나겠지. 게다가 구두까지 실종된 날 아침 신고 나간 것과 같다면 아무리 똑같은 구두를 '대량'으로 팔고 있다고 해도 의심이 확신으로 바뀌는 것은 당연한 일일세. 하나만 떼어내서 보면 전혀 증거가 될 수 없는 것이라도 마땅한 위치에 늘어놓으면 절대적으로 확실한 증거가 되기도 한다네.

게다가 다음으로 모자의 꽃장식까지 마리와 같다니 이제 더 생각할 필요도 없겠지? 자, 그저 꽃 한 송이에 더 이상 생각할 필요도 없어졌네. 그렇다면 그것이 하나가 아니라 두 개, 세 개, 그 이상이 되면 어떻겠나. 하나하나가 이른바 곱절의 증거가 될 수밖에 없지. 즉 더하기가 아니야. 곱하기도 그냥 곱하기가 아니라 몇백 배, 몇천 배의 곱하기야. 그런데 거기다 마리가 생전에 쓰던 양말 벨트까지 하고 있다네. 이 상황에서 더 의심하는 건 바보 아닌가? 그리고 그 양말 벨트가 마리가 집을 나가기 바로 전에 한 것과 똑같이 고리를 조여 짧게 줄여놓았다네. 이것조차 의심한다면 미치광이든지 위선자지. 그런데도 '레뜨와르' 지는 그런 건 흔한 일이 아니냐고 의심하다니.

고리가 달린 양말 벨트란 원래 신축성이 있다는 것을 생각하면 그걸 더 조여놓은 것이야말로 이상하다는, 비정상적이라는 증거 아닌가? 자연스럽게 조절이 가능한 것을 일부러 조여놓았다는 것은 꼭 필요해서 그랬던 거야. 그러니 만약 마리의 양말 벨트가 여기 써 있는 대로 조여져 있었다면 그야말로 아주 특별한 경우인 거지. 이것만으로도 마리의 시체라고 단정하기에 충분한 증거가 틀림없지. 더욱 중요한 것은 시체에 마리의 양말 벨트가 있었다는 것도, 구두, 모자, 그리고 모자의 꽃장식이 있었다는 것도 아니야. 또 발이 작았다든지 팔에 있었던 특징, 전체적인 체형이나 키도 아니라네. 바로 이런 것들이 모두 한꺼번에 시체에서 발견되었다는 거지. 이래도 아직 '레프와르' 지의 필자가 의문을 갖는다면 이젠 새삼 정신감정 같은 것도 필요 없을 것 같네.

요컨대 이 사람은 법률가들의 시시한 말투를 흉내 냄으로써 자신이 총명하다는 걸 과시하고 있어. 원래 법률가들이란 대개 뻔한 법률 용어를 되뇌고 있으면 만사 오케이라고 생각하는 작자들이니까. 말하건대 법률적으로 기각되는 증거품 중 대부분은 지혜로운 자의 눈에는 반대로 일등급 증거품이 된다네. 왜냐하면 법정에서는 어떤 특수한 경우든 증거의 일반적 원칙, 즉 일반적으로 인정된 책에 나와 있는 원칙에서 벗어나지 않으니까. 물론 이런 완고한 원칙주의, 그리고 모순되는 예외는 가차 없이 제외시키는 주의, 이것이 긴 안목으로는 우리가 도달할 수 있는 최대의 진실에 이르는 가장 확실한 방법임에는 틀림없네. 따라서 이 방법 자체는 전체적으로는 분명 이론적이야. 하지만 동시에

개개의 경우에 있어서는 말도 안 되는 오류를 범할 수 있다는 것도 사실이지.

그리고 보베에 관해 말들이 많은데 자네는 물론 그런 것들은 전혀 신경 쓰지 않겠지? 이 사람의 됨됨이에 관해서는 자네도 이미 잘 알고 있을 걸세. 꽤 낭만적이지만 머리는 좀 떨어지는, 말하자면 남의 일에 참견하기 좋아하는 작자지. 이런 사람일수록 뭔가에 정말로 흥분하게 되면, 꼬치꼬치 캐기 좋아하는 사람이나 악의를 가진 사람에게 의심을 살 만한 행동을 하곤 하지. 자네가 수집한 기사들을 보면 보베는 '레뜨와르' 지의 기자와 직접 만난 것 같은데 기자 선생의 주장에도 불구하고 그 시체가 어디까지나 마리라고 주장해서 상대방을 화나게 한 모양이야. '그는 어디까지나 이 시체가 마리라는 것을 주장하고 있지만 우리가 위에 논평한 것 외에 무엇 하나 남을 납득시키기에 충분한 상황을 대지 못하고 있다'라고 썼네. 그런데 '남을 납득시키기에 충분한' 증거는 댈 수 없다는 사실은 잠시 접어두고라도 인간이란 남을 납득시킬 만한 이유를 대지 못하더라도 자기 자신은 확신하고 있는 경우가 얼마든지 있지 않나. 사람에 대한 인상이란 것만큼 애매한 것은 없다네. 누구든지 옆집 사람을 보면 그가 누구인지 알 수 있어. 하지만 그렇다고 어떻게 알 수 있는지 그 이유를 대라고 하면 제대로 대답할 수 있는 사람이 있겠나? 아무리 그 이유를 대지 못한다 해도 보베 자신이 확신하는 사항에 대해 '레뜨와르'지의 기자가 화를 낼 권리는 전혀 없는 거지.

보베에게 여러 가지 의심스러운 점이 있다고 하지만 그래서 수상하다는 필자의 설보다는 오히려 낭만적이고 참견하기 좋아하는 성격이라는 내 가정이 훨씬 맞아떨어진다고 생각하네. 좀 더 관용적인 해석을 해보게. 그러면 열쇠 구멍의 장미꽃도 칠판에 쓴 '마리' 라는 글자도 '남자 친척을 멀리했다' 는 것도 '시체를 그들이 보는 것을 극도로 싫어했다' 는 것도 또 그가 '돌아올 때까지 헌병과 말하지 말라' 고 한 것도 그리고 마지막으로 '사건을 처리함에 있어 그 이외의 누구도 관여하지 못하게 하려는' 태도도 모두 다 알 수 있다네. 보베가 마리를 좋아했었다는 것, 마리도 그를 상당히 마음에 두고 있었을 것이라는 점, 그리고 그 자신이 마리로부터 친근한 감정과 신뢰를 한몸에 받고 있었던 것처럼 보이려 했다는 것, 이런 것들은 이제 문제없이 풀리지 않나? 그러니 더 이상 말하지 않겠네.

그런데 또 한 가지, '레뜨와르' 지가 계속 주장하는 대로 어머니나 다른 친척들이 매우 냉담했다는 것 말인데, 만일 그 시체가 마리임이 확실하다면 분명 모순되는 일임에 틀림없지만 이 문제는 이제 확실한 반증이 있지 않나. 그러니 우리는 이제 시체 확인 문제는 완전히 해결된 것으로 생각하세.」

이쯤에서 나는 질문을 해봤다.

「그럼 '르 코메르시에르' 지의 견해는 어떤가?」

「음, 그건 정신적인 면에 있어 이 문제에 관해 발표된 어떤 견해보다 훨씬 주목할 가치가 있는 것이라 생각하네. 전제를 연역적으로 풀어나가는 과정도 실로 이론적이고 날카로워. 하지만 아무래도 전제 자체가 적어도 두 가지 점에 있어 불완전한 관찰에 근거하고 있는 것 같네.

'르 코메르시에르' 지는 마리가 어머니 집을 나선 후 바로 불량배들에게 잡혀갔다는 주장을 하고 싶은 것 같아. 그래서 '피해자처럼 다수의 시민들에게 얼굴이 알려진 여인이 누구의 눈에도 띄지 않고 세 블록이나 걸어간다는 것은 있을 수 없다'고 한 거야. 하지만 이것은 파리에서 산 지 오래된 공인(公人) 중에서도 그 행동반경이 주로 관청이나 사무소 부근에 국한되는 사람의 경우에만 해당되는 생각이야.

즉 이 기자가 자기가 근무하는 곳에서 열 블록 정도만 벗어나 보게. 우선 누군가 아는 사람이 보고 말을 걸겠지? 그가 알고 있는 타인의 범위, 또 그의 얼굴을 알고 있는 타인의 범위를 그는 잘 알고 있고 따라서 그의 얼굴이 알려진 정도와 마리의 얼굴이 알려진 정도를 비교해 보고 대충 비슷하겠거니 한 거야. 그러니 이 아가씨도 길을 걸어가면 적어도 나 정도는 아는 사람을 만났을 거라고 결론을 내리는 거지.

그런데 이런 이론은 마리가 이 기자처럼 항상 같은 시간에 외출하고 그 범위도 한정돼 있을 때나 가능한 거라네. 즉 이 기자는 일정한 지역을 매일 일정한 시각에 왕복하고 있어. 게다가 그가 다니는 길은 직업이 비슷하다는 이유로 그의 모습에 주목하는 사람이 우글우글하는 곳이야.

반면 마리의 외출은 아마도 전혀 다른 것이었다고 생각해도 좋을 거야. 특히 이번 경우에는 평소에 그녀가 다니던 길과는 전혀 다른 길을 지나갔겠지. 그러니 '르 코메르시에르' 지가 틀림없다고 생각하는 이 대비는 혹 두 사람이 파리 시내 전체를 돌아다녔다면 성립할지도 몰라. 그러면 두 사람을 아는 사람의 수가 같다고 가정했을 때 만나는 횟수도 같아질 것이니까.

하지만 내 생각으로는 마리가 어떤 주어진 시간에 어머

니 집과 숙모 집 사이에 있는 여러 길 중 하나를 지나가며 그녀가 얼굴을 아는 사람이나 그녀의 얼굴을 아는 사람을 한 명도 만나지 않았을 경우는 충분히 있을 수 있다고 생각하네. 즉 이 문제를 올바르게 생각하기 위해서는 한쪽으로는 파리 시민 전체, 또 한쪽으로는 아무리 유명한 사람일지라도 개인이 아는 사람의 수는 시민 전체에 비하면 미미한 것이라는 두 가지 사실을 항상 염두에 두어야 하는 거지.

아직도 이 '르 코메르시에르' 지의 주장에 다소 설득력이 남아 있을지도 모르지만 그것도 마리가 집을 나선 시각을 생각하면 확실히 효력이 떨어질 거야. '그녀가 집을 나선 것은 거리에 사람들의 왕래가 잦은 시간이다' 라고 하는데, 이것은 절대로 사실이 아니네. 아침 9시야! 일요일이 아닌 평일 아침 9시라면 파리의 거리는 사람들로 북적대고 있겠지. 하지만 일요일 아침 9시면 시민들은 대부분 교회에 갈 준비를 하느라 집에 있을 시간이라네. 조금만 주의를 기울였다면 안식일 아침 8시부터 10시까지 거리에 개미 새끼 한 마리 없다는 것쯤은 금방 눈치 챘을 텐데. 10시부터 11시라면 분명 어수선할 테지만 문제의 시간에는 결코 그럴일은 없어.

게다가 또 한 가지! '르 코메르시에르' 지의 논설에는 관찰에 중대한 결함이 있다네. '피해자의 페티코트 일부가 폭 30센티미터, 길이 60센티미터 크기로 찢겨져 후두부를 한 바퀴 감아 턱 밑에서 묶어놓은 것은 아마도 소리를 지르지 못하게 하기 위한 것으로 보인다. 이는 분명 손수건을 갖고 있지 않은 자들의 소행임에 틀림없다' 라고? 이 판단이 충분한 근거가 있는지 없는지는 나중에 말하기로 하고 여기서 '손수건을 갖고 있지 않은 자들'이란 아마도 최하층의 되먹지 못한 녀석들이란 뜻이겠지. 그런데 이런 사람들이야말로 실은 셔츠는 안 입어도 손수건만은 꼭 챙기고 다니네. 자네도 알고 있겠지만 요즘엔 손수건이 악당들에게 절대 없어서는 안 되는 필수품이 되었다지?」

「그럼 자네는 '르 솔레이유' 지의 비평은 어떻게 생각하나?」

「그건 그 기사를 쓴 기자 선생이 왜 앵무새로 태어나지 않았는지 정말 안타까울 따름이라네. 아마 앵무새로 태어났다면 뛰어난 일류 앵무새가 됐을 텐데 말이야. 그 신문은 지금까지 발표된 견해를 그저 하나하나 흉내 냈을 뿐이 아닌가. 여러 신문에서 정말 감탄할 만큼 꼼꼼하게도 짜깁기 했더군. '분명 이 유품들은 적어도 3, 4주간은 거기 있었던 것으로 보인다. 따라서 이제 흉악한 범죄의 현장이 발견된 것이다'라고 하지만 '르 솔레이유'의 재탕 기사는 적어도 내게는 이 문제에 대한 의문점을 해결하는데 전혀 도움이 안 된다네. 그러니 이 점은 다른 문제들과 관련지어 나중에 더 자세히 검토해 보기로 하세.

그런데 당장에 조사해 봐야 할 다른 문제가 있어. 첫째, 검시가 너무 무성의하게 이루어졌다는 사실은 자네도 이미 알고 있겠지? 시체가 누구 것인가는 금방 결론이 났고 또 그러는 게 당연하겠지. 하지만 나는 그 과정에서 확인해야 할 점이 아직 많이 있었다고 생각해. 예를 들어 소지품 중에 없어진 것이 없는지. 집을 나설 때 피해자가 보석 같은 것을 지니고 있지는 않았는지. 만약 그랬다면 시체가 발견됐을 때 그것도 있었는지. 이런 문제는 증거 조사에서 전혀 언급되지 않았지만 매우 중요한 문제라 생각되네.

그 밖에도 또 중요한 문제가 얼마든지 있는데도 전혀 주의를 기울이지 않더군. 이런 점은 납득할 수 있을 때까지 우리가 스스로 조사해 봐야 할 걸세. 쌩 투스타쉬 문제도 다시 한번 조사할 필요가 있어. 나는 이 사람을 특별히 의심하는 것은 아니지만, 조사는 확실히 해둬야겠지. 일요일의 알리바이에 대한 진술서도 한 점 의혹이 남지 않도록 확인해야 하네. 이런 진술서는 원체 대충 얼버무리기 마련이

니까. 물론 이 점만 해결되면 쌩 투스타쉬 건은 문제에서 제외시켜도 좋을 거야. 문제는 바로 그가 자살했다는 것인데 그것도 진술서에 허위 기재가 있다면 혐의가 짙어지겠지만, 그렇지 않다면 결코 설명이 불가능한 문제는 아니니까 그 때문에 일부러 통상적인 분석 방침을 벗어날 필요는 없다고 보네.

그런데 지금 우리가 하려는 조사는 이 참극의 내부적 문제들을 완전히 제쳐두고 오직 사건의 주변부에만 주의를 집중하는 거야. 이런 범죄 조사에 있어 항상 범하기 쉬운 오류 중 하나는 그저 직접 당면한 문제에 대해서만 조사하고 간접적이고 부수적인 일은 일체 무시해 버리는 거야. 증거나 변론의 범위를 그저 척 봐도 관계가 있을 것 같은 것으로 한정해 버리는 것이 보통 법정에서 하는 짓이지. 하지만 실제 경험은 물론 진정한 이론으로 봐도 진실은 대부분 언뜻 보기엔 관계가 없을 것 같은 데서 나오는 법이라네. 근대 과학이 어떤 예견되지 않는 것을 예상할 수 있는 것은 그 정신이 어디까지나 이 원리를 따르고 있기 때문이지.

하지만 자네는 아직 잘 모를 거야. 면면히 이어지는 인간 지식의 역사가 우리에게 보여주는 것은 가장 가치 있는 많은 발견들이 대개 간접적, 부수적 내지 우발적인 사건에 의해 일어난다는 거야. 따라서 장래의 진보를 기대한다면 일반적인 예상의 범위에서 완전히 벗어나 오히려 우연에 의해 생겨나는 발명을 다소, 아니 대대적으로 연구해야 할 필요가 있을 것이네. 그저 과거의 사실이라는 기초 위에 그럴듯한 미래의 환상을 구축하는 것은 더 이상 이론적이라고 부를 수 없어. 우연이라는 것이 기초 구조의 일부로써 자리를 잡은 거야. 이른바 기회라는 것을 절대예측의 문제로 보고 있지. 예견이 불가능한 것, 상상이 불가능한 것을 수학적인 공식으로 규정 지으려는 거야.

　다시 말하겠네만, 수많은 진리 중 대부분이 간접적인 것에서 생겨난다는 것은 거의 사실 이상의 사실이네. 그래서 나는 이 사실에 포함되어 있는 원칙의 정신에 따라 이번 사건도 지금까지의 조사 결과 아무 수확도 없었던 사건 그 자체보다는 사건을 둘러싼 당시의 정황 쪽으로 탐색 방향을 전환하려고 한다네. 자네가 이 진술서의 신빙성을 확인하는 동안 나는 자네가 조사한 것보다 더 광범위하게 신문을 조사해 볼 생각이네. 지금까지 우리가 점검한 것은 요컨대 이미 조사되어 있는 것에서 벗어나지 못했어. 하지만 여기서 내가 말했듯이 여러 신문을 하나도 남김없이 재조사한다고 생각해 보게. 그것이 비록 아주 작은 것일지라도 우리의 탐색 방향을 결정 지어주는 문제가 발견되지 않는 것이 이상한 일이지.」

뒤팽의 제안에 따라 나는 진술서의 내용을 하나하나 꼼꼼히 훑어보았다. 그 결과 그것이 매우 신뢰할 만하다는 것을 알았고 동시에 쌩 투스타쉬가 무죄라는 사실도 판명됐다. 그동안 뒤팽은 실로 면밀하게, 내가 보기엔 무의미하다 싶은 것도 하나도 빠뜨림 없이 모든 신문을 조사해 갔다. 그리고 그는 일주일 뒤 내 앞에 다음과 같은 발췌문을 내놓았다.

「마리 로제는 3년쯤 전에 역시 르 블랑 씨가 경영하는 팔레 로와얄의 향수 가게에서 실종되어 이번과 똑같은 소동을 일으킨 적이 있었다. 물론 그때는 일주일쯤 지나자 평소보다 약간 안색이 좋지 않다는 것 말고는 별로 다를 것 없는 모습으로 가게의 계산대 앞에 다시 나타났다. 르 블랑 씨와 어머니에 따르면 그저 시골에 있는 아는 사람 집에 놀러갔었을 뿐이고, 이 사건은 얼마 후 완전히 잊혀 버렸다. 따라서 이번 실종도 마찬가지로 잠시 그녀의 변덕이 발동한 것이며 일주일 내지 한 달쯤 지나면 다시 돌아올 것이라고 생각된다.」

— '석간신문' 6월 23일 월요일.

「어제 한 석간신문은 전에도 로제 양의 수수께끼 실종사건이 있었다고 보도했다. 르 블랑 씨의 향수 가게에서 실종된 후 그녀가 품행이 좋지 못한 청년 해군장교와 함께 있었다는 것은 이미 알 만한 사람은 다 아는 사실이다. 그런데 이 두 사람 사이에 말다툼이 있었고 그래서 그녀는 다시 집에 돌아온 것 같다. 이 청년 해군장교는 현재 파리에 근무하고 있으며 그 이름도 판명됐으나 새삼 말할 필요도 없는 이유로 일단 밝히지 않겠다.」

— '르 메르큐르'지 6월 24일 화요일 조간.

「엊그제 파리시 근교에서 매우 흉악한 폭행사건이 일어났다. 저녁 무렵 부인과 딸을 동반한 한 신사가 우연히 세느강 근처에서 배를 타고 놀던 청년 여섯 명에게 돈을 주고 강을 건넜다. 강을 건너자 세 명은 배에서 내렸고 이미 배가 보이지 않는 지점까지 걸어왔을 때 그들은 딸이 양산을 배에 두고 왔다는 것을 알았다. 그녀는 즉시 양산을 가지러 갔으나 그만 그 청년들에게 잡혀 배에서 입에 재갈이 물린 채 마구 폭행 당한 후 결국 처음에 부모와 함께 배를 탄 지점에서 그리 멀지 않은 강가에 버려졌다. 폭행범들은 현재 도주 중이며 경찰은 이들의 행방을 추적 중이라 적어도 이들 중 일부는 며칠 내에 체포될 것으로 보인다.」

　　– '조간신문' 6월 25일.

「이번 범행에 대해 본지에 무네 씨의 짓이라는 보고가 한두 통 접수됐으나 무네 씨는 신문 결과 이미 무죄가 충분히 증명되었으며 이들 보고서의 논조는 단지 열심히 썼다는 것 말고는 별다른 근거도 없으므로 발표하지 않는 편이 좋으리라 생각된다.」

　　– '조간신문' 6월 28일 토요일.

「본지는 각각 다른 사람이 썼으리라 짐작되는 강경한 의견의 투서를 몇 통 받았다. 이들 투서들이 반복하여 강조하는 점은 불운하게도 마리 로제 양이 일요일에 파리 근교에 나타나 나쁜 짓을 일삼는 다수의 불량배들에 의해 희생된 것이 틀림없다는 것이다. 본지도 이 가설을 전면적으로 지지하며 이 중 몇 가지는 곧 본지에 게재할 예정이다.」

　　– '석간신문' 6월 31일 화요일.

「월요일에 있었던 일이다. 세무서 관계 거룻배의 선원 한 명이 세느강에 떠다니는 빈 배 한 척을 발견했다. 돛은 배 밑바닥에 쓰러져 있는 상태였다. 선원은 거룻배 사무소까지 배를 끌어다놓았으나 다음날 아침 아무도 모르는 사이에 누군가 다시 끌어가 버렸다. 단 열쇠는 거룻배 사무소에서 보관하고 있다.」

― '라 딜리쟝스' 6월 26일 목요일.

나는 이들 발췌문을 읽어봤지만 서로 관련이 없을 뿐만 아니라 아무리 생각해도 문제의 사건과 관계가 있을 만한 것은 한 통도 없었다. 나는 잠자코 뒤팽의 설명을 기다렸다.

「이 첫 번째, 두 번째 발췌문에 관해서는 지금 시점에서 자세히 설명하지는 않겠네. 이걸 베껴둔 것은 단지 경찰들이 얼마나 놀라울 정도로 태만한지를 보여주려는 뜻이었으니까. 경찰청장의 얘기를 듣자니 여기 명시된 해군사관을 조사하기 위한 어떤 조치도 취하지 않은 것 같더군. 그런데 마리가 두 번이나 실종됐던 일 말인데, 그 두 번의 실종을 전혀 관련지어 생각하지 않는다니 이렇게 바보 같은 짓이 다 있나?

예를 들어 처음에 일껏 사랑의 도피를 해놓고도 그만 두 사람이 싸우고 말았고 배반당한 쪽은 그대로 집에 돌아왔다고 생각하면 어떻겠나. 그러면 이런 생각도 가능하겠지. 이번의 도피 행각은(물론 이번에도 사랑의 도피라고 가정했을 때 얘기지만) 또 새로운 사람이 나타나 새로이 사랑에 빠졌다기보다 오히려 처음에 헤어졌던 남자가 다시 한번 사랑을 고백했다고 볼 수도 있지 않겠나? 즉 새로이 연애를 시작한 것이 아니라 옛사랑이 다시 부활했다고 보는 거지. 한번 남자와 도망을 갔던 여자에게 또 다른 남자가 함께 도망가자고 하기보다는 한번 같이 도망갔던 남자가 다시 같은 얘기를 꺼내는 게 더 흔한 경우일 걸세.

여기서 다음과 같은 한 가지 사실에 꼭 주의를 기울이기 바라네. 즉 확실히 알고 있는 첫 번째 가출과 아마도 그렇지 않나 싶은 두 번째 가출 사이의 시간이 마침 우리 해군 군함의 통상적인 한 번의 항해 시간보다 기껏해야 2, 3개월 더 많을 뿐이네. 그렇다면 마리의 정부는 처음에는 출항 시간에 쫓겨 범행을 실행에 옮기지 못했지만 항해에서 돌아오자마자 그가 실행하지 못했던, 적어도 그의 손으로 직접 실행하지는 못했던 악랄한 계획을 기회를 엿봐 즉시 실행한 것이 아닐까? 그런데 문제가 이렇게 되면 현재 우리가 아는 것은 아무것도 없어진다네.

물론 자네는 말하겠지. 내가 상상하는 두 번째 가출은 아예 처음부터 존재하지 않았다고. 과연 그럴지도 모르지. 하지만 그런 계획을 세웠다가 잘 안 됐을 수는 있지 않겠나? 쌩 투스타쉬와 보베 씨 외에 현시점에서 세상이 다 아는 공인된 구혼자는 아직 나오지 않았어. 이 두 명 외에는 전혀 화제에 오르지도 않았다고. 그렇다면 대부분의 친척이 전혀 모르는 사람으로서 사건이 일어난 일요일 아침 마리와 만났던 남자, 날이 저물 때까지 그렇게 한적한 루르관문의 숲속에 같이 있었던 걸 보면 마리는 그 사람에 대해 완전히 안심하고 있었던 것 같은데, 다시 말해 친척들 대부분이 알지 못하는 이 비밀의 연인은 대체 누구냐는 것이 내가 하고 싶은 말일세. 그리고 또 마리가 집을 나간 날 아침 '이제 그 아이는 두 번 다시 보지 못할 거야'라고 마담 로제가 말한 이상한 예언은 대체 무슨 의미란 말인가?

설사 마담 로제가 마리의 가출 계획을 짐작할 수 없다 해도 적어도 마리 자신이 가출을 생각하고 있었다는 건 상상할 수 있지 않겠나? 집을 나설 때 마리는 드 두롬가의 숙모 집에 간다고 했고 어두워지면 데리러 오라고 쌩 투스타쉬에게 말했어. 그런데 이것은

언뜻 보면 내가 아까 말한 것과 완전히 모순된다고 생각할
수도 있어. 하지만 바로 이걸 생각해 보게.

　마리가 분명 누군가 다른 사람과 만나 함께 강을 건넜고
오후 3시라는 늦은 시간에 루르관문에 도착했다는 것은 확
실하다네. 그녀가 어떤 목적으로 그 남자와 함께 갔으며 어
머니에게 그 사실을 알렸는지 안 알렸는지 거기까지는 알
수 없지만 그 남자와 함께 갈 생각이면서도 그녀는 집을 나
설 때 확실히 행선지를 얘기했고 약혼자인 쌩 투스타쉬는
약속시간에 드 두롬가에 마중 나갔어.

　가보니 그녀는 없었고 이 놀라운 소식을 전하려고 하숙
집에 돌아왔는데 그녀는 아직도 집에 오지 않은 거야. 이때
그가 속으로 얼마나 놀라고 어떤 의심을 하게 될지 정도는
마리도 상상할 수 있었겠지. 아니, 나는 분명 그것까지 예
상하고 있었다고 말하고 싶네. 쌩 투스타쉬의 실망과 사람
들의 의심 정도는 그녀도 충분히 예상했을 거야. 비록 그녀
가 집에 돌아간 다음 이 의심과 싸워야 한다는 생각까진 못
했을지도 모르지. 하지만 만약 그녀가 처음부터 집으로 돌
아갈 생각이 전혀 없었다고 가정하면 그런 의심쯤은 그녀
에게 아무런 문제가 되지 않았을 테지.

　따라서 우리는 그녀가 이렇게 생각했다고 상상하는 거야.

'나는 가출할지도 모른다. 만약 그렇지 않더라도 나 이외의 누구에게도 말하지 않은 목적을 위해 한 사람을 만날 것이다. 그러기 위해서는 아무런 방해도 받지 않도록 해야 한다. 나를 쫓아오는 사람들을 따돌릴 수 있는 시간적 여유를 충분히 두어야 한다. 그러려면 우선 오늘은 드 두롬가의 숙모 집에 가서 하루 있다가 오겠다고 말해 두자. 그리고 쌩 투스타쉬에게 어두워지기 전에는 마중 오지 말라고 말하면 되겠지. 이렇게 해두면 만약에 내가 오랫동안 집을 비워도 크게 의심받지 않고, 걱정을 끼치지도 않고 제대로 설명이 가능할 거야.

　그리고 내 입장에서는 다른 어떤 방법보다 충분히 시간을 벌 수 있어. 쌩 투스타쉬에게 어두워진 다음에 오라고 하면 그는 절대 그 전에 오지 않을 거야. 만약 마중 오라는 소리를 아예 하지 않으면 혹시 내가 더 일찍 올 거라 생각하고 더 일찍부터 걱정할 게 틀림없어. 그러면 그만큼 도망칠 시간도 적어지는 거지. 만약에 내가 집에 돌아올 생각이라면, 즉 문제의 남자와 그냥 산책만 하고 말 생각이라면 왜 굳이 유치하게 쌩 투스타쉬에게 마중 나오라고 하겠어? 그가 날 데리러 왔을 때 그를 속였다는 사실이 즉시 밝혀질 게 뻔한데. 그것보다는 오히려 그에게 아무 말도 하지 않고 집을 나갔다가 어두워진 다음에 돌아와서 드 두룸가에 사는 숙모 집에 갔다왔다고 말하면 영원히 비밀로 덮어둘 수도 있을 것 아니겠어? 하지만 나는 두 번 다시, 아니 적어도 몇 주 동안, 아니 숨어 있을 만한 집을 구할 때까지는 절대 집에 돌아오지 않을 셈이니까 당장에 생각해야 할 일은 단한 가지, 시간을 버는 것뿐이야 이렇게 말일세.

그런데 이 가슴 아픈 사건에 대해 세상 사람들이 일반적으로 갖고 있는 생각은 시종일관 처음부터 이 아가씨가 어떤 무자비한 놈들에게 당했다는 거였어. 그건 자네가 수집한 메모에도 다 있었지? 세상 사람들의 일반적인 생각도 어떤 조건하에서는 결코 무시할 수 없는 것이라네. 특히 그것이 어디서 시작됐는지 모르게 발생한 경우, 즉 다시 말해 엄밀한 의미로 자연 발생한 경우에는 분명 그것이 천재의 직감과도 같이 작용하니 존중해야만 해. 나라면 백 중 구십구는 그 판정을 따르겠네. 그런데 그러려면 암시로 보이는 것이 완전히 없어야 한다네. 의견 자체가 어디까지나 대중 자신의 판단으로 내려진 것이 아니면 안 돼. 게다가 그것을 확실히 구분하고 끝까지 유지한다는 것은 극도로 어려운 일이야.

　이번 경우에 이 불량배들 운운하는 '세상의 일반적인 견해'에는 내 발췌문 중 세 번째에 상세히 적혀 있는 방계적 사건이 다분히 섞여 있다는 느낌을 받았어. 젊고 미인이라는 소리를 듣던 마리의 시체가 인양되었다는 것에 파리 시민들은 완전히 흥분하고 말았다네. 게다가 그 시체가 확실한 폭행의 흔적이 남아 있는 채 강물에 떠 있었다고 하지 않나.

　그런데 이번엔 마리가 살해당했다고 여겨지는 그 시각에 폭행 정도의 차이는 있지만 그녀와 똑같이 불량배들에게 폭행 당한 다른 여성이 나타났어. 이렇게 되면 이미 알려진 하나의 범죄 사실이 아직 알려지지 않은 다른 하나의 범죄 사실에 대한 세상 사람들의 판단에 영향을 미칠 것은 당연하지 않나? 이른바 판단이 방향 지시를 기다리고 있었는데 거기에 이 기존의 폭행 사건이 기다렸다는 듯이 그 방향을 제시했네! 게다가 이 폭행 사건은 마리의 시체가 떠 있던 바로 그 강에서 일어났어. 그렇다면 이 두 사건의 연관성은 명명백백한 것이고 세상 사람들이 그것을 인정하고 알아주지 않는 편이 더 이상하지 않나. 하지만 하나의 범행이 명백히 그런 식으로 이루어졌을 때, 그것이 굳이 증거가 된다고 하면 오히려 반대의 증거, 즉 거의 동시에 이루어진 또하나의 범행은 결코 그런 식으로 이루어지지 않았다는 증거가 되지.

예를 들어 한 무리의 불량배들이 어떤 장소에서 전대미문의 범행을 저지르고 있을 때 또 하나의 다른 불량배 집단이 비슷한 장소에서 같은 방법과 수단으로 같은 시각에 범행의 성질까지 판에 박은 듯 똑같은 범행을 저질렀다면 오히려 그게 더 기적 같은 일 아니겠나? 그런데 완전히 우연에 의해 암시를 받은 여론이 지금 우리에게 믿으라고 하는 것은 실로 이런 기적 같은 우연의 일치란 말일세.

여기에서 얘기를 더 진행시키기 전에 살해 현장이라고 여겨지고 있는 루르관문의 숲에 대해 한번 생각해 보기로 하세. 그곳은 분명 울창한 숲이지만 거리에서 그다지 멀리 떨어지지 않은 곳이야. 숲속에는 서너 개의 큰 돌이 있고 그것이 마치 등받이와 발받침이 있는 의자 같은 형태로 놓여져 있네. 위쪽 돌에는 하얀 페티코트가 놓여져 있고, 아래쪽 돌에는 실크 스카프가 놓여져 있어. 그리고 그 밖에 양산과 장갑, 손수건 등도 여기서 발견되었다지? 손수건에는 마리 로제라는 이름까지 새겨져 있었고. 그리고 주위의 가시덤불에는 찢어진 옷 조각이 걸려 있었고 땅바닥에는 발자국이 어지럽게 나 있고 가시덤불은 엉망이 되어 있었네. 격렬한 격투가 일어났다는 분명한 증거들이네.

이 숲이 발견된 것은 즉시 신문에 대대적으로 보도되었어. 그리고 이곳이야말로 범행 현장이 틀림없다는 식으로 누구나 생각하게 되었지. 하지만 여기에도 아직 의문점이 많다는 사실을 잊어서는 안 되네. 과연 이곳이 현장이었을까? 그걸 믿고 안 믿고는 문제 삼지 않더라도 아무튼 의심할 이유는 확실히 있네.

우선 첫째로 진짜 범행 현장이 '르 코메르시에르' 지가 주장하는 것처럼 파베 쌩 탕드레가 근처라고 가정해 보세. 만약 범인들이 파리에 머물고 있다면 이런 식으로 세간의 주목이 정답을 향해 착착 움직이는 것이 두려웠겠지. 그렇다면 또 누군가가 주의를 다른 곳으로 돌리도록 손을 써야 한다고 생각하는 것도 당연하지 않겠나? 게다가 그렇게 되면 마침 다행스럽게도 루르관문의 숲이 범행 현장으로 의심을 받고 있으니 거기에다 유품을 놔두면 되겠다고 생각하는 것도 극히 자연스러운 흐름이겠지?

물론 '르 솔레이유' 지의 억측에 의하면 발견된 유품은 적어도 며칠 동안 그 숲에 있었다고 하지만 확실한 증거가 있는 것은 아니라네. 오히려 반대로 그 유품들이 문제의 일요일로부터 아이들에게 발견되기 전까지 20일 동안이나 누구의 눈에도 띄지 않았다는 것이 이상한 일이지. 정황 증거라면 얼마든지 있어. '르 솔레이유'지는 그 전에 같은 기사를 쓴 여러 신문의 의견을 그대로 받아들여 '이 유품들은 비를 맞아 곰팡이가 심하게 슬고 곰팡이 때문에 착 달라붙어 있었다고 한다. 주위의 풀은 무성히 자라 유품의 일부를 완전히 가리고 있었다. 실크로 만든 양산의 천은 아직 양호한 상태였지만 안쪽의 실은 서로 엉겨붙었고 이중으로 겹쳐진 부분의 표면은 완전히 곰팡이가 펴 양산을 펼치자 찢어졌'다'는 식으로 썼지.

그런데 우선 풀이 '무성히 자라 유품의 일부를 완전히 가리고 있었다'는 것은 요컨대 두 어린아이의 말, 즉 아이들의 기억에 의한 것일 뿐이야. 생각해 보게. 아이들은 다른 사람들이 그것을 보기 전에 유품을 집에 가져갔지? 그런데 사건이 일어난 시기처럼 날씨가 무더울 때는 풀이 하루에 5~8센티미터 정도 자라는 것쯤 아무것도 아니라네. 못 믿겠으면 잔디를 심고 거기에 양산을 놔둬 보게. 일주일만 지나면 풀이 무성히 자라 양산이 안 보이게 될 테니. 그리고 또 '르 솔레이유'지가 지금 인용한 이 짧은 문장 속에서만도 세 번이나 사용하며 강조한 곰팡이 말인데, 대체 이 필자는 곰팡이의 성질에 대해 정말 알고나 있는 걸까? 곰팡이란 보통 24시간 내에 생겼다가 죽어버리는 많은 균류 중 하나를 말하는데 그것조차 모른단 말인가?

뭐 이런 이유로 그 유품들이 '적어도 3, 4주 동안' 은 숲속에 있었다는 판단을 뒷받침할 수 있는 증거랍시고 늘어놓은 사실들이 실은 증거치고는 너무나 말도 안 되는 난센스라는 걸 금방 알 수 있겠지? 그 유품들이 문제의 숲속에서 일주일 이상, 즉 일요일부터 다음 일요일까지, 아니 그이상 그 상태 그대로 방치되어 있었다고 믿기는 매우 곤란하네. 파리 주변에 대해 조금이라도 아는 사람이라면 교외로 한참이나 나가면 모를까 그렇지 않다면 인가에서 멀리 떨어진 곳을 찾기가 얼마나 어려운지 잘 알 거야. 파리 근교의 숲 중에서 아무도 가보지 않은 장소, 아니, 그 정도는 아니더라도 사람이 거의 가지 않는 장소는 절대 상상도 할 수 없는걸.

예를 들어 원래 자연을 매우 좋아하지만 일 때문에 할 수 없이 이 대도시의 먼지와 더위 속에 파묻혀 살 수밖에 없는 사람이 있다고 하세. 그에게 일요일이 아니라도 좋으니 어디든 가장 가까이에 있는 아름다운 자연을 찾아가 조금이라도 고독에 대한 갈망이 채워지는지 시험해 보라고 하라고. 그가 아무리 숲의 매력을 느끼더라도 그 매력은 그가 한 발 내딛을 때마다 누군가 수상한 작자나 시끄럽게 술 마시고 떠드는 작자들의 모습과 소리에 사라져 버릴 것이네.

그는 '이렇게 깊은 숲속이라면 괜찮겠지' 하고 혼자 고독을 즐기려고 하네. 하지만 그건 불가능해. 이쪽 나무 그늘에는 나쁜 녀석들이 우글우글거리는데 저쪽에는 신성과는 거리가 먼 신전이 있는 식이지. 결국 그는 메슥거리는 가슴을 안고 다시 오욕의 파리로 도망쳐 온다네. 같은 구정물이라도 파리는 전체적으로 그런대로 조화를 유지하고 있다는 것만으로도 그나마 나은 셈이지.

주중의 파리 근교가 이럴진대 안식일은 얼마나 심하겠나! 특히 일요일에는 거리의 불량배들이 노동의 의무에서 해방되는 데다 평소에는 악행을 일삼을 기회가 없다는 이유로 일제히 교외로 몰려나와. 물론 자연이 좋아서 오는 것은 아니지. 그런 것은 오히려 마음속으로 경멸하고 있어. 단지 사회의 구속과 관습에서 해방되고자 찾아오는 거야. 신선한 공기나 녹색 나무를 원하는 게 아니야. 단지 시골에서 한바탕 벌려 보자는 심사로 오는 거야.

장소가 길거리의 싸구려 여관이든 숲속의 나무 그늘이든

그들이 신경 쓰는 것은 기껏해야 동료들의 시선 정도지. 그
것 말고는 그 어떤 것도 아랑곳하지 않고 술과 방탕이 빚어
낸 합작품인 광기에 가까운 끝없는 소란에 제정신이 아니
라네. 그러니 즉 문제의 유품들이 파리 주변의 어떤 숲속에
있었더라도 일요일부터 다음 일요일 사이에, 혹은 그 이상
으로 발견되지 않은 채 남아 있었다면 그건 기적이 아니고
서는 불가능한 일이라고 나는 다시 한번 말하고 싶네. 물론
이건 냉정하게 관찰한 사람이라면 벌써 다 아는 사실이겠
지만.

그런데 그 유품들이 세간의 주목을 진짜 현장으로부터
다른 곳으로 돌리기 위해 그 숲에 놓아둔 것이라고 의심하
는 것은 이 밖에도 또 다른 근거가 있다네. 우선 첫째로 그
것이 발견된 날짜에 주목해 보게. 그 날짜와 내가 여러 신
문에서 발췌한 것 중 다섯 번째 문장의 날짜를 비교해 보
세. 금방 알아차렸겠지만 유품이 발견된 것은 석간에 긴급
투서가 도착한 직후라네. 신문사에 투서가 몇 통 접수됐고
이것은 각각 다른 곳에서 보내진 것처럼 보이지만 결국 주
장하는 요지는 단 한 가지, 즉 범인은 불량배들, 그리고 현
장은 루르관문 근처라는 사실에 모든 주의를 돌리려는데
목적이 있는 것 같네. 물론 이렇게 말한다고 그 투서의 영

향으로, 혹은 투서 때문에 세간의 이목이 쏠려서 문제의 유품이 아이들에 의해 발견됐다는 뜻은 아니네. 다만 그때까지 아이들이 유품을 발견하지 못했다는 것은 즉 그것이 그때까지 숲속에 존재하지 않았기 때문이야. 결국 그것은 한참 뒤에, 즉 그 일련의 투서와 같은 시기에, 적어도 투서보다 약간 먼저 투서를 보낸 범인 자신의 손에 의해 그 장소에 놓여진 것이 아닐까? 이 가정은
충분히 성립되지 않겠나?

그 숲은 정말 기묘한, 놀랄 만큼 기묘한 숲이었다네. 우선 비정상적으로 나무가 우거져 있어. 이른바 천연의 성벽으로 둘러싸인 가운데 신기한 모양의 돌이 세 개, 꼭 등받이와 발받침이 있는 의자 같은 모양을 하고 있어. 게다가 자연의 솜씨로 가득한 이 숲이 마담 드뢱과 아이들이 사는 집에서 불과 몇십 미터 떨어지지 않은 곳에 위치하고 있다니. 아이들이 황장목의 나무껍질을 뜯기 위해 평소 이 주변의 숲을 샅샅이 누비고 다닌다지 않나. 그렇다면 두 아이 중 한 명이라도 이 나무 그늘에 숨어들거나 천연의 왕좌에 앉지 않는 날이 하루라도 있었겠나? 내기를 해도 좋네. 결코 요행을 바라는 어리석은 내기

는 아닐 거라고 생각하는데, 어떤가? 이런 내기를 주저하는 사람은 아마도 어린 시절이 없거나, 이미 어릴 적 마음을 다 잊어버린 사람일 거야. 따라서 다시 한번 말하네만 그 유품들이 하루나 이틀 이상 아무에게도 발견되지 않은 채로 그 숲속에 있었다는 것은 도저히 생각할 수 없네. 그러니 '르 솔레이유' 지의 독단적인 무지에도 불구하고 그 유품들이 훨씬 뒤에 그 장소에 놓여졌다는 가능성은 충분히 생각해 볼 이유가 있다는 소리네.

그 유품들이 그렇게 놓여졌다는 것을 믿는 데는 내가 지금까지 말한 어떤 이유보다 더 유력한 이유가 있지. 즉 유품들이 놓여 있는 상태가 매우 부자연스럽다는 것에 주목하기 바라네. 돌 위쪽에는 흰 페티코트가, 그리고 아래쪽 돌엔 실크 스카프가 놓여져 있었다는군. 그리고 양산이나 장갑, '마리 로제'라고 이름이 수놓인 손수건 등은 그 일대에 어지럽게 널려 있었다고. 이건 정말이지 머리 나쁜 인간이 제 딴에는 자연스럽게 보이려고 할 때 쓰는 수법이라네. 정말 자연스러운 방법과는 전혀 다른 것이지.

나라면 오히려 유품들이 다 땅에 떨어져 있고 마구 짓밟힌 상태로 해놓겠네. 그 좁은 숲속에서 다수의 사람들이 싸움을 했다면 페티코트나 스카프가 돌 위에 얌전히 놓여 있다는 게 말이 되겠나? '격투가 일어났던 증거가 있고 땅바닥은 어지럽게 발자국이 나 있었으며 덤불은 엉망이 되어 있었다' 라고 했지? 그런데 페티코트와 스카프만이 꼭 선반 위에 얹어놓은 것처럼 돌 위에 얌전히 놓여 있었다니.

또 '가시덤불에 찢겨진 옷은 폭 8센티미터, 길이 15센티미터 정도의 크기인데 그 중 하나는 상의의 가장자리 부분으로 바느질로 마무리되어 있었다. 또 하나는 치마의 일부로 가장자리는 아니다. 이것들은 가시덤불에 걸려 찢겨진 것으로 보인다' 고도 했는데, 여기서도 '르 솔레이유' 지는 애매한 말을 사용했어. 그야 기사에 써 있는 대로 옷이 꼭 '가시덤불에 걸려 찢겨진' 것처럼 보이기야 했겠지. 그것도 일부러 손으로 찢어놓은 것처럼.

그러나 여기서 문제가 된 이런 종류의 웃옷이 가시덤불에 '걸려 찢어지는' 일은 절대로 없다네. 그런 감이 가시덤불이나 못에 걸렸다면 반드시 직각으로 찢어지지. 즉 가시에 찔린 부분을 정점으로 해서 서로 직각으로 교차되는 두 개의 긴 직선 방향으로 찢어진다는 소리야. 기사에 쓴 식으로 천의 일부가 '찢겨져 나가는' 일은 절대 있을 수 없지. 그런 얘기는 나도 그렇고 자네도 들은 적이 없을 거야. 그런 감의 일부를 찢어내기 위해서는 서로 다른 방향으로 작용하는 두 개의 다른 힘이 필요하기 때문이지.

물론 변이 두 개인 천의 경우, 예를 들어 손수건 같은 경우에는 가늘고 긴 조각을 찢어내기 위해 하나의 힘이 작용하면 되지만 지금 문제가 된 것은 옷이야. 즉 변이 하나밖에 없는 경우지. 그걸 가장자리도 아니고 가운데서 가시덤불의 힘으로 일부를 찢어내다니 기적이 아니면 불가능한일이고 또 만에 하나 가능하더라도 가시가 하나만 있어서는 절대 할 수 없네. 혹 그것이 가장자리일 경우에도 역시찢어내려면 가시 두 개가 필요해. 가시 한 개는 분명히 두개의 서로 다른 방향으로 작용하고 다른 한 개는 한 방향으로 걸려야 하네. 그것도 가장자리에 바느질로 마무리가 안되어 있다는 가정하에서만 성립되는 얘길세. 바느질로 제대로 마무리를 해놓은 경우에는 더 이상 문제 삼을 수도 없지. 그러니 이렇게 분석하면 단지 가시덤불의 힘만으로 그천 조각이 '찢겨져 나갔다'고 하는 건 어불성설이지.

그런데 지금 우리가 맞닥뜨린 문제는 그 천 조각 하나가아니라네. 많은 천 조각이 모두 이런 식으로 찢겨져 나갔다는 걸 믿으라니! 더구나 뭐라고? '그 중 하나는 웃옷의 가장자리'였고 또 하나는 '치마의 일부로 가장자리가 아니다'라고? 즉 이 경우엔 옷 중에서도 가장자리가 아닌 가운데 부분이, 게다가 가시덤불의 힘만으로 완전히 찢겨져 나갔다는 말 아닌가. 아무리 참아보려 해도 여기까지 오면 이제 거짓말 좀 그만 하라고 한 마디 해주고 싶어지네. 이런 사정을 종합해 보면 모든 것이 이상한 것 투성이지만 그 중에서도 특히 이상한 것은 시체를 옮길 생각을 할 정도로 조심스런 범인들이 왜 그런 유품들을 숲속에 놔뒀을까 하는 것이라네.

여기서 한 마디 해두자면 나는 결코 그 숲이 범행 현장이 아니라고 말하는 게 아닐세. 그건 터무니없는 오해일세. 범행은 분명 그곳에서 일어났을지도 모르고 그보다는 마담 드뤽의 집에서 어떤 일이 일어났을지도 몰라. 하지만 그런 것은 아무래도 좋고. 우리가 해야 할 일은 범행 현장을 알아내는 게 아니지 않나. 범인을 잡아내는 것이지. 지금까지 내가 한 말이 너무 상세했는지도 몰라. 하지만 이렇게 자세하게 말한 목적은 첫째로 '르 솔레이유'지의 그 성급한 독단적 주장이 얼마나 어리석은가를 논증하기 위함이었고, 다음으로는 사실 이게 더 중요한 것이지만, 과연 이 사건이 이른바 불량배들의 짓인가 하는 점을 다시 한번 의심해 봐야 한다는 걸 자연스럽게 자네에게 일깨워주기 위해서였네.

그럼 다시 본래 문제로 돌아가서 우선 부검을 한 외과의

사의 어리석기 짝이 없는 보고서 얘기부터 하지. 이 문제에
관해서는 파리에서 조금이라도 이름이 알려진 해부학자라
면 누구나 범인의 수에 관한 그의 추정을 아무런 근거도 없
는 망설이라고 비웃고 있다는 사실만 얘기하면 충분하겠
지. 사실이 추정과 다르다는 얘기가 아니야. 추정 자체가
전혀 근거가 없다는 거지. 즉 이것 말고 다른 추정이 나왔
어야 마땅한 것인데, 어떤 이유가 있지 않았을까 싶어.

　이번엔 그 '격투의 흔적'이라고 칭한 것에 대해 검토해
보기로 하세. 여기에서는 먼저 그 흔적이 도대체 무얼 가리
키는 건지 물어보고 싶네. 불량배 패거리라고? 이 말은 오
히려 불량배 따윈 전혀 없었다는 걸 보여주는 말 아닌가?
무기 하나 없는 연약한 여자와 불량배 패거리가 싸우는데
무슨 격투가 일어난다는 말인가? 그것도 그 일대에 '흔적'
을 남길 정도로 그렇게 격렬하고 긴 시
간에 걸친 격투가 말일세. 난폭한 남
자들이 손으로 꾹 누르면 만사 끝나
는 것 아니냐는 말이지. 피해자는 완전
히 그들 마음대로 다루어졌겠지. 여기서
꼭 염두에 둬야 할 사실은 그 숲이 절대
범행 현장이 아니라는 모든 논증은 그것

이 두 명 이상의 범인에 의해 이루어진 범행 현장이 아닌 경우에만 말이 되는 것이네. 만일 범인이 단 한 명이라고 상상한다면 이번엔 반대로 분명한 '흔적'이 남을 정도의 격렬하고 집요한 격투도 충분히 가능해지고 따라서 우리는 그렇게 생각할 수밖에 없는 거지.

그리고 또 한 가지. 문제의 그 유품들 말인데, 그것이 발견된 장소에 계속 그대로 있었다는 것, 그것이야말로 수상하다는 이유는 벌써 말했겠지? 대체 그런 증거품이 아무리 우연일망정 그런 장소에 그대로 있었다는 건 거의 불가능한 일 아닐까? 어쨌든 범인이 시체를 다른 곳으로 옮길 정도의 침착성은 있었다는 얘기니까. 시체의 얼굴은 금방 부패해서 못 알아볼 수도 있어. 그렇다면 어떻게 보면 시체보다 더 확연한 증거품을 보란 듯이 범행 현장에 놔뒀단 말이지.

내가 말하는 건 피해자의 이름이 수놓여진 손수건 말인데, 만일 이것이 우연이라면 결코 불량배들에 의해 저질러진 우연이 아니란 말이야. 단 한 사람에 의해 저질러진 우연이지. 음, 말하자면 한 남자가 사람을 죽였어. 죽은 사람의 망령과 자신 단 둘 만이라는 생각이 머리를 스치면서 갑자기 눈앞에 있는 움직이지 않는 시체 때문에 온몸에 소름이 돋을 걸세. 한때의 격정이 사라져 버리면 자연스럽게 마음

속에 자기가 저지른 행위에 대한 공포감이 비집고 들어올 큰 구멍이 뚫리게 마련이지. 아무리 배짱이 두둑한 사람일지라도 여럿이 함께 있을 때의 배짱과는 비교가 안 된다네.

어쨌든 죽은 사람과 단 둘이 있으니까. 몸은 덜덜 떨리고 마음이 어지럽지. 게다가 무슨 수를 써서든 시체는 처리해야 되지 않겠나. 겨우겨우 시체를 강까지 옮겼어. 하지만 그 밖의 범죄 증거는 죄다 그대로 남겨놓고 왔어. 왜냐하면 한꺼번에 모든 것을 옮기는 것은 아주 불가능하지는 않겠지만 힘든 일이니까. 뭐 나중에 가지러 와도 별 탈이야 없겠지. 그런데 힘들게 강까지 가는 동안 공포감은 점점 더해간다네. 사방에서 온갖 생물의 소리가 자기를 쫓아오는 것처럼 느껴지겠지. 몇 번이나 가만히 훔쳐보는 듯한 사람의 발소리가 들렸다고 착각하겠지. 먼 곳의 불빛조차 그를 움찔 놀라게 할 거야. 깊은 고뇌 때문에 몇 번을 멍하니 서 있곤 하면서도 어쨌든 강가에 도착하겠지. 그리고 아마도 배에 실어서 징그러운 짐을 그런대로 무사히 처리했을 거야.

그런데 문제는 바로 여기부터야. 아무리 귀중한 보물이 생긴다 해도, 아니 아무리 무서운 징벌이 기다리고 있다고 해도 어떻게 혼자 그 힘들고 위험한 길을 지나 다시 한번 그 숲속으로, 피마저 얼어붙을 것 같은 기억이 남아 있는 장소로 다시 돌아갈 용기가 생기겠나? 이제 아무리 삼수갑산을 가더라도 그는 절대로 그곳으로 돌아가지 않을 거야. 가고 싶어도 갈 수가 없어. 머리에 떠오르는 생각은 그저 빨리 도망갈 생각뿐이지. 이제 그 무시무시한 숲에 영원히 등을 돌리고 마치 신의 화를 피하려는 듯 줄행랑을 칠 거란 말일세.

그런데 이게 만약 불량배들이라면 어떻겠나? 분명 악당은 악당이지만 배짱이 없는 경우도 있을 수 있지. 하지만 그렇더라도 숫자가 많으면 배짱이 생기기도 한다네. 게다가 불량배들이란 대개 무뢰한들의 집단이지. 그럼 여기서 다시 한번 말하네만, 혼자라면 완전히 옴짝달싹하지 못할 그 이유 없는 공포도 사람이 많으면 어떻게 잊을 수도 있다는 것일세. 만일 하나, 둘, 세 명까지 그 사실을 깨닫지 못했다고 해도 네 번째 불량배 정도는 그 생각을 해낼 것이고 따라서 유품을 그냥 놔두는 일은 없을 거라는 소리야. 왜냐하면 사람이 그만큼 있으면 한꺼번에 다 옮길 수도 있고 그러면 다시 되돌아갈 필요도 없

으니까.

그러면 다음은 시체가 발견됐을 때의 정황 차례야.

생각해 보게. 시체의 상의는 '밑단에서 허리 부분까지 폭 30센티미터 정도의 천 조각이 길게 찢겨졌고 그것으로 허리를 세 번 돌려 감고 등에서 결찰매듭을 지어놓았다'고 했어. 이것은 분명 시체를 옮기기 위해 이렇게 묶은 것일 테지. 그런데 만일 범인이 숫자가 많았어도 이렇게 묶었을까? 세 명이나 네 명 정도 있으면 시체의 손발만 들어도 충분히 옮길 수 있을 뿐더러 오히려 그게 가장 좋은 방법 아니겠나? 그러니 이렇게 묶은 것은 확연히 한 명의 범인이 한 짓일세. 그리고 그렇다면 당연히 생각나는 것이 '수풀과 강 사이에는 나무 울타리가 쓰러진 곳이 있으며 땅에는 무슨 무거운 물건을 질질 끌고 간 자국이 확실히 남아 있었다'는 구절이겠지. 만일 범인이 여러 명이었다면 그냥 시체를 들고 울타리를 넘으면 되지 굳이 그걸 부수는 수고를 할 필요가 있겠나? 하나 둘 셋 하고 들고 넘으면 금방인 것을. 게다가 왜 몇 명이나 되는 범인들이 이렇게 확실히 흔적이 남는 방법으로 시체를 끌고 갔겠나?

　여기서 또 한 번 '르 코메르시에르' 지의 기사가 등장해야 할 차례네. 이미 앞에서도 잠시 언급했지만 '피해자의 페티코트의 일부가 찢겨져 후두부에서 한 바퀴 감아 턱 밑에서 묶어놓은 것은 아마도 소리를 지르지 못하게 하기 위한 것으로 보인다. 이는 분명 손수건을 갖고 있지 않은 자들의 소행임에 틀림없다'는 것이었지.

　내가 이미 전에도 한번 말했지만 진짜 악당이 손수건을 갖고 다니지 않는 경우는 절대 없다네. 하지만 지금 내가 말하고자 하는 것은 그게 아니야. 이 페티코트가 찢어진 방식이 '르 코메르시에르'지가 주장하는 것 같은 목적으로 쓰기 위해 손수건 대신 찢어낸 것은 절대 아니라는 거지. 이건 분명한 일일세. 왜냐하면 실제로 숲속에 손수건이 떨어져 있었으니까. 안 그런가? 그리고 또 '소리를 지르지 못하게 할' 목적도 아니었어. 이것도 확실하지. 왜냐하면 만일 그런 목적이었다면 일부러 그런 식으로 찢어낸 천을 쓰지 않아도 적당한 방법이 있었을 테니까.

　그런데 이 문제의 천에 대해 증언은 '목 주위를 느슨히 감아 풀어지지 않게 꼭 묶어놓았다'고 했어. 이건 꽤 막연한 표현 아닌가? 게다가 '르 코메르시에르'지의 기사와는 근본적으로 다른 거야. 문제의 이 천은 폭이 45센티미터나 된다네. 그러니 비록 천은 모슬린이지만 세로로 접거나 구깃구깃하게 쥐면 꽤 튼튼한 끈이 될 수 있지. 게다가 발견된 상태도 그렇게 돼 있었다고 하고.

　그래서 내 추정은 이렇다네. 범인은 그 시체의 허리에 느슨하게 두른 끈으로 시체를 짊어지고 숲속에서부터인지 어디서부터인지는 모르지만 어느 정도의 거리를 혼자 옮겼어. 그런데 그런 방법으로는 너무 무거워서 아무래도 힘에 부친 거야. 그래서 생각했다네. 이건 오히려 끌고 가는 편이 더 낫겠다고. 끌고 갔다는 증거는 확실히 남아 있지 않나? 그러자 이번엔 시체의 어딘가 끄트머리에 끈 같은 것을 묶어야 했지. 그러자면 역시 목이 가장 좋다고 생각했고. 머리 때문에 끈이 빠지지 않을 테니까. 그래서 범인이 처음에 생각한 것이 물론 허리에 감았던 끈이었겠지. 사실 그런 식으로 칭칭 동여매지 않고 매듭도 풀기 힘든 결삭매듭이 아니고 또 그게 만약 상의에서 '찢겨져 나온' 것이었다면 분명 그 끈을 썼을 거야.

하지만 그것보다는 페티코트에서 새로 찢어내는 게 훨씬 쉬웠겠지. 그래서 페티코트를 찢어내 목에 묶은 뒤 강가까지 시체를 끌고 간 거야. 찢기 힘들고 시간도 걸리는 데다 사용 목적에도 그다지 맞지 않는 이 목 둘레 천이 굳이 사용됐다는 건 필요한 손수건이 없는 상황에서 어떤 급한 사정 때문에 이 천이 필요했다는 거지. 즉 다시 말하면 범인이 숲을 뒤로 하고 강으로 가던 중간에 그 천이 필요해졌다는 걸 보여주는 게 아닐까? 물론 그 숲이 범행 현장이라는 가정하에 말일세.

　그런데 내가 이렇게 말하면 자네는 또 이런 말을 하겠지. 그렇다면 마담 드뢱의 증언은 어떻게 되는 거냐고. 실제로 그 증언은 살인이 일어난 시각을 전후해서 숲 부근에 불량배들이 모여 있었다는 걸 확실히 명시해 주는 게 아니냐고 말이야. 그야 그렇지. 그건 나도 인정하네. 그래. 그 참극이 벌어진 시각을 전후해서 루르관문 부근에는 마담 드뢱이 말한 불량배들이 한 열 무리 이상 있었을지도 몰라. 그런데 다소 시기가 늦고 매우 의심스러운 증언이긴 하지만 어쨌든 마담 드뢱을 노발대발하게 만들었다는 그 불량배들은 단 한 무리였어. 즉 그 정직하고 세심하신 노부인의 말에 따르면 그녀의 여관에서 과자를 먹고 브랜디를 마시고도 한 푼도 놓고 가지 않았다는 그 한 무리뿐이야. 사실 그 때문에 몹시 화가 난 거지.

　하지만 대체 마담 드뢱의 증언이란 엄밀히 말해 뭐란 말인가. '불량배들 한 무리가 나타나 시끄럽게 먹고 마신 후 돈도 내지 않고 두 사람이 간 쪽으로 사라졌는데, 해질 무렵에 다시 나타나 무엇에 쫓기는 듯한 모습으로 다시 강을 건너갔다'는 것이었지?

자, 그런데 여기서 '무엇에 쫓기는 듯한 모습'이란 건 말일세, 아마 마담 드뢱의 눈에는 실제보다 더 서두르는 것처럼 보였을 거야. 왜냐하면 그녀의 머릿속에는 과자와 술값을 떼이게 생겼으니 그들을 원망하는 생각밖에 없었을 테니까. 아직 돈을 받아낼 수 있을지 모른다는 일말의 희망도 있었을 테고. 만약 그렇지 않다면 날이 저물어가고 있는데 왜 그녀가 일부러 서둘렀다는 것을 강조했겠나? 곧 밤이 될 것이고 폭풍이 올 것 같은 상황에서 작은 배를 타고 넓은 강을 건너야 한다면 아무리 돼먹지 못한 불량배들이라도 서둘러 돌아가려는 것은 당연한 일이지. 전혀 이상한 일이 아니야.

　나는 밤이 될 것이라고 했어. 즉 아직 밤은 오지 않았던 거지. 자, 이 불량배들이 서둘러 돌아가다가 냉정한 마담 드뢱의 기분을 상하게 했던 건 아직 해가 지기 전의 일이야. 그런데 한편 마담 드뢱과 장남이 '여관 근처에서 여자의 비명 소리를 들었다'고 한 것은 바로 그날 밤이었다고 하네. 실제로 그녀는 문제의 비명이 들렸다는 그날 밤의 시각을 어떻게 표현했나? '날이 저물고 잠시 후'라고 말했다네. '날이 저물고 잠시 후'라면 적어도 어둡기는 하겠지. 그런데 '날이 저물 무렵'이라는 것은 아직 해가 떠 있는 상태라네. 그렇다면 문제의 불량배들이 루르관문을 뒤로 한 것은 분명 마담 드뢱이 비명을 들었다는 시각보다 먼저겠지? 그리고 문제의 이 전후관계를 나타내는 말은 이렇게 많은 증언 기사들 속에서도 한결같이 지금 내가 얘기한 것처럼 전혀 다르게 쓰이고 있는데도 이 큰 차이에 대해선 지금까지 어떤 신문도, 어떤 경찰 나리들도 눈치 채지 못했다는 거야.

불량배들이 아니라는 논거에 또 한 가지만 덧붙이지. 나는 이 한 가지가 결정적으로 중요한 거라고 생각하네. 많은 현상금이 걸려 있는 데다가 공범자라도 증언하면 무죄 방면이 되는 상황에서 어떤 무리라도 그렇겠지만 특히 저급한 불량배들의 경우에는 그 중 누군가가 벌써 공범자를 배반하고 밀고했을 것이네. 그러지 않는 것이 오히려 이상하지. 이런 조건하에서 불량배들은 현상금이나 면죄를 받고 싶은 마음보다는 오히려 자신이 밀고 당하는 걸 극도로 두려워하는 마음이 더 크기 마련이지. 즉 내가 밀고 당하지 않기 위해 앞질러 밀고자가 되는 것이라네. 그러니 결국 지금까지 비밀이 새지 않았다는 것은 바로 이러한 사실을 뒤집는 게 되는 거야. 다시 말해 이번에 일어난 이 흉악한 범행을 알고 있는 것은 단 한 사람, 혹은 살아 있는 두 사람과

하느님뿐이라는 소리지.

　자, 이쯤에서 우리의 긴 분석이 좀 빈약할지도 모르지만 매우 확실한 성과를 마무리해야 할 것 같네. 우선 우리가 도달할 수 있었던 결론은 참극이 일어난 것은 마담 드뤽의 집안이던지 아니면 역시 루르관문의 숲속일 걸세. 그리고 범인은 피해자의 연인, 아니면 매우 친밀한 비밀의 친구겠지. 그런데 이 연인은 얼굴색이 검어. 얼굴색이 검다는 것과 끈을 묶은 방식이 '결삭매듭'이라는 것, 그리고 모자의 리본이 '선원매듭'으로 묶여져 있었다는 것, 이런 사실은 모두 그가 선원이라는 것을 말해 주네. 게다가 좀 들떠 있긴 했지만 결코 천박한 아가씨는 아니었던 피해자와 교제했다는 사실은 그가 단순한 선원이 아니라 더 계급이 높았다는 것을 말해 주지. 이 점에 관해서는 신문사에 투고됐다는 투서의 필적이 매우 달필이었다는 것이 충분히 확증해 주고 있다고 생각해. 여기에서 그 '르 코메르시에르' 지에 실린 첫 번째 가출에 대해 생각해 보면 아무래도 선원과, 이 불행한 아가씨를 처음 죄악의 길로 빠지게 한 '해군장교'가 혹 동일 인물이 아닐까 하는 생각이 든다네.

　자, 마침 여기서 한 가지 생각해야 할 일이 있는데, 이 얼굴색이 검은 남자가 처음부터 끝까지 한 번도 모습을 드러

내지 않는다는 거야. 이 남자의 얼굴색은 많이 검다고 했어. 마부인 발란스나 마담 드뤽둘 다 이 남자에 대해 기억하고 있는 건 거의이것 한 가지뿐이라고 하니 보통 검은 게 아닌 모양이야. 하지만 대체 이 남자는 왜 나타나지 않는 것일까? 이 남자 역시 불량배들에게 당한 것일까? 그렇다면 왜 여자가 살해된 증거밖에 남아 있지 않지? 두 범행 현장은 당연히 같은 장소라고 생각해도 좋을 텐데. 그렇다면 도대체 시체는 어디 갔단 말인가.

만약 그가 마리와 함께 살해됐다면 범인들은 그의 시체도 당연히 같은 방법으로 처리했겠지. 여기서 가능한 단 하나의 생각은 그 남자가 아직 살아 있다는 거네. 살아 있지만 살인 혐의가 씌워질 것을 두려워해 나타나지 못하는 거라고. 더군다나 사건으로부터 이렇게 많은 시간이 흘렀으니 그 남자는 더욱 더 나타날 수 없을 거야. 왜냐하면 마리와 함께 있는 걸 본 증인이 있으니까. 만약 이것이 사건이 일어난 당시였다면 별것 아니었을지도 몰라. 그 남자가 범인이 아니라면 우선 사건을 세상에 알리고 범인이 누군지 밝히는 데 조금이라도 협조하려 했을 테니까. 그도 이 정도는 생각할 수 있었겠지.

그는 실제 마리와 함께 있는 것을 목격 당했어. 그녀와 함께 지붕이 없는 배를 타고 강을 건넜다고. 그렇다면 이제 범인을 찾아내는 것만이 자신의 혐의를 벗을 수 있는 가장 확실하고도 유일한 방법이라는 것쯤은 바보라도 알 수 있을 걸세. 자신은 문제의 일요일 밤에 일어난 범행과 전혀 관계가 없고 범행이 일어난 것도 몰랐다고 할 수는 없지 않겠나? 그렇지만 그가 살아 있으면서도 범인을 찾는 데 협조하지 않는다면 그건 그럴 수밖에 없는 무슨 사정이 있기 때문이겠지.

자, 대체 어떻게 하면 그 진상을 파악할 수 있을까? 그 방법은 얘기가 풀려 나가면서 자연히 확실해질 것이네만. 그러기 위해서는 우선 그 처음 가출 사건부터 철저하게 검토해 보자고. 그 '장교' 라는 자의 경력과 현재 상황, 그리고 범행이 일어난 시각에 어디에 있었는지 등을 말일세. 다음으로 불량배들에게 죄를 뒤집어씌우기 위해 석간신문에 투고된 많은 투서들을 하나하나 꼼꼼히 비교해 보자고.

자, 그 일이 끝나면 이번엔 그 투서들보다 먼저 조간신문에 보내진 투서, 즉 무네의 유죄를 맹렬하게 주장한 투서와 이번 투서들을 나란히 놓고 문체와 필적을 비교해 보세. 그 일도 끝나면 이번엔 다시 한번 이 투서들과 확실히 그 장교의 필적이라고 우리가 알고 있는 무엇인가를 비교해 보는 거지. 다음으로는 또 마담 드뤽과 그 아이들, 그리고 합승마차의 마부인 발란스를 심문해서 이 문제의 '얼굴색이 검은 남자'에 대해 풍채나 태도 등을 좀 더 확인해 보는 거라네. 질문을 잘 이끌어가기만 한다면 이들 중에 누군가는 우리가 알고 싶어하는 점에 관해, 아니 또 다른 점에 관해서도 본인조차 몰랐던 사실을 말해 줄 수 있을 거야.

그리고 우리가 해야 할 또 한 가지 일은 6월 23일 월요일 아침에 거룻배지기가 발견했다는 배, 시체가 인양되기 조금 전에 조종 열쇠도 없는 채로 사무소 직원들 모르게 없어졌다는 그 배를 찾아내는 거라네. 이것도 신중하고 끈기 있게 찾으면 반드시 찾을 수 있을 거야. 왜냐하면 배를 발견했던 거룻배지기가 보면 금방 알 수 있을 테고, 조종 열쇠도 여기 남겨져 있으니까. 전혀 거리낄 게 없다면 돛으로 가는 배의 조종 열쇠를 잘 챙기지 않고 그냥 버려두고 갈 리가 있나?

그러면 여기서 질문을 하나 하겠네. 혹시 그 거룻배지기가 배를 주웠다고 광고라도 했었나? 아니야. 아무 말 없이 거룻배 사무소에 갖다놓은 것을 누군가가 다시 아무 말 없이 훔쳐갔어. 그런데 생각해 보면 그 배의 주인인지 빌려간 사람인지는 그 배가 거기 있다는 것을 어떻게 알 수 있었을까? 따로 광고를 한 것도 아닌데 월요일에 발견된 배가 거기 있다는 것을 화요일 아침 그 이른 시각에 어떻게 알 수 있냐고. 이건 해군과 관계되는 정보라면 아무리 작고 국부적인 뉴스라도 다 알 수 있는 사람이 아니라면 도저히 불가능한 일이지.

시체를 강변까지 끌고 간 범인이 단 한 사람이라는 소리를 했을 때 나는 아마 이 범인이 배를 이용했을 것이라고도 말했네. 즉 마리 로제의 시체는 배 위에서 강물 속으로 던져진 거야. 뭐 당연히 그럴 수밖에 없었겠지. 시체란 것이 강가에서 가까운 수심이 얕은 곳에 안심하고 던져 넣을 수 있는 종류가 아니니까. 피해자의 등과 어깨에 남아 있던 독특한 상처는 배 바닥에 닿아 생긴 거야. 그리고 시체에 무거운 것을 매달지 않았다는 사실도 이런 생각을 뒷받침해 주지.

범인이 만약 시체를 강가에서 그냥 던져 넣었다면 아마 무거운 것을 매달았을 거야. 하지만 그런 것을 매달지 않았다는 것은 범인이 당황한 나머지 배에 타기 전에 무거운 것을 준비할 생각을 못했다고 가정할 수 있는 거지. 범인은

227

시체를 강물 속에 던져 넣으려는 찰나에 그 사실을 깨달았겠지. 하지만 때는 이미 늦었네. 그 무서운 강가로 다시 돌아가기보다는 '에잇, 될 대로 되라' 했겠지. 그리고 그 징그러운 짐을 처리하고 나서 그는 서둘러 파리로 되돌아갔을 거야. 어딘가 사람 눈에 잘 띄지 않는 부두에서 배를 내렸겠지.

하지만 과연 그때 그가 부두에 배를 매어두었을까? 너무 서둘다 보니 배를 매어둘 여유는 없었을 거야. 게다가 부두에 매어두는 것은 오히려 불리한 증거를 일부러 남기는 결과가 될지도 모른다고 생각했을 수도 있고. 범인은 원래 범죄와 관계되는 물건은 될 수 있으면 자기 주변에서 없애버리려고 하지. 이 범인도 그랬을 거야. 자기 자신도 부두에서 멀리 도망간 데다, 배가 계속 남아 있는 건 참을 수 없이 싫었겠지. 그러니 아마 배를 그냥 떠내려 보냈을 거야.

좀더 상상해 볼까? 다음날 아침 그는 일 때문에 매일 지나다녀야 하는 어떤 장소에서 자기가 버린 배가 매여져 있는 것을 발견하고 말할 수 없는 공포를 느꼈을 거야. 그날 밤 그는 배를 어딘가로 옮겼어. 그때 차마 조종 열쇠까지 가져갈 용기는 없었지만. 그러면 조종 열쇠가 없는 배는 대체 어디로 갔을까? 그걸 찾아내는 것이 우리의 첫 번째 목

표 중 하나일세. 이것만 발견하면 우선 성공의 서광이 보이는 거지. 이 배를 근거로 거슬러 올라가면 아마 우리 자신도 놀랄 만큼 빠른 속도로 운명의 일요일 밤에 그것을 이용한 사람까지 자연히 찾아낼 수 있을 거라네. 확증이 확증을 낳는 식으로 범인은 저절로 드러나게 돼 있어.」

(특별히 여기 쓰지 않아도 아마 독자들은 잘 아시리라 믿기에 우리는 본지가 입수한 원고에서 뒤팽 씨가 매우 하찮은 실마리를 근거로 독특한 추론을 거듭해 나간 상세한 과정 중 일부분을 임의로 생략하기로 했다. 다만 한 가지 간단히 언급하고 싶은 것은 소기의 목적이 달성되었다는 것, 그리고 경찰청장이 슈발리에 뒤팽 씨와 계약한 조건을 마지못해서이긴 하지만 틀림없이 이행했다는 것이다. 그리고 포우 씨의 글은 다음과 같은 말로 끝을 맺고 있다. ─편집자 주)

내가 지금 말하는 것은 우연의 일치라는 사실에 관한 문제이지 그 이상의 무엇도 아니라는 것을 양해하기 바란다. 이 명제에 관해서는 내가 지금까지 말한 것으로도 충분할 거라고 생각한다. 내 마음속에는 초자연에 대한 신앙 따위는 없다. 조금이라도 생각이 있는 사람이라면 자연과 신이 결국 전혀 다른 두 가지라는 것을 부정하지는 않을 것이다. 신은 자연의 창조자로서 의지대로 자연을 지배하고 변화시킬 수 있다는 것은 의심할 여지가 없을 것이다. '의지대로'라고 나는 말했다. 왜냐하면 바로 의지가 문제가 되는 것이지 종종 잘못된 논리가 가정하듯 결코 힘의 문제가 아닌 것이다. 신은 그 법칙을 변화시키지 못하는 것이 아니라 우리가 마치 변화가 필요한 것처럼 생각하는 것 자체가 오히려 신에 대한 모욕인 것이다. 태초에 신의 법칙들은 미래에 일어날 수 있는 일체의 우연한 사건들을 모두 포함할 수 있도록 만들어졌을 것이다. 신에게는 모든 것이 바로 지금이다.

그래서 다시 말하지만 내가 지금 이 일에 관해 말하는 것은 모두 우연의 일치일 뿐이다. 또 지금까지 내가 말했던 것을 보고 알 수 있으리라 생각되지만, 그 불행한 여성 메리 세실리아 로져스의 운명—물론 그 운명은 우리가 아는 범위에 한정되어 있겠지만—과 똑같이 일생의 어느 시기까지 마리 로제의 운명이 일종의 평행선을 그리고 있다는 사실과, 그 놀랄 만한 정확성을 생각하면 내 머리가 좀 이상한 게 아닌가 하는 생각이 들 정도이다. 모든 것을 알 수 있을 거라고 나는 말했다. 하지만 여기에서 오해가 있어서는 안 되는 것은, 내가 마리의 슬픈 이야기를 앞에서도 말했던 어떤 시기 이전으로 거슬러 올라가 그녀를 둘러싼 불가사의한 운명을 최후까지 추적하려고 했을 때 그것이 그 평행선을 더 먼 곳까지 연장시키려는 속셈이었다거나, 또는 그 여점원 살인범을 검거하기 위해 파리에서 취한 방법, 혹은 그 외 같은 추리과정에 근거한 방법이라면 모두 항상 같은 결과를 도출할 것이라는 얼토당토않은 생각을 하고 있는 것처럼 받아들여지는 것이다.

왜냐하면 이런 오해 중 특히 후자의 경우에는 두 사건의 별것 아닌 사실 차이가 결국 두 사건의 코스를 전혀 다른 방향으로 바꾸고, 그로 인해 엄청나게 중대한 오산을 야기할 가능성도 충분히 생각해야 하기 때문이다. 마치 산술에 있어 단독으로는 거의 알 수 없을 오차일지라도 그것이 계산 과정의 여러 단계에서 배가 되면 마지막에 정답과는 전혀 다른 결과가 나오는 것과 같다.

또 전자에 대해서는 내가 앞에서 말했다시피 확률 계산 자체가 평행선 연장이라는 것을 일체 금지하고 있다. 그것은 이번 평행선이 매우 길고 정확했던 만큼 그것의 연장을 더욱 강경하고 단호하게 금지하는 것이다. 이것은 언뜻 보면 수학과는 거리가 먼 사유 작용에 호소하는 문제로 생각되지만 사실은 수학자가 아니면 결국 완전히 이해할 수 없는 변칙 명제 중 하나라는 것이다.

예를 들어 주사위 놀이를 할 때 두 번 연달아 6이 나왔으면, 이제 세 번째에는 절대 6이 나오지 않는다는 쪽에 돈을 걸어도 좋은데, 이것을 일반 독자에게 납득시키려면 이것만큼 어려운 일도 없다. 이렇게 말하면 대개 인텔리 계층의 반대에 부딪칠 것이다. 그들은 이미 주사위는 던져졌고 완전히 과거에 속해 있는 두 번의 주사위 눈금이 왜 미래에 속해 있는 세 번째 눈금에 영향을 미칠 수 있는지 이해할 수 없을 것이다. 6이 나올 확률은 그냥 계속해서 던질 때와 전혀 다르지 않고, 만일 그 확률이 어떤 영향을 받는다면 기껏해야 그런 경우의 영향 아니겠냐고 말할 것이다. 게다가 이 생각은 아주 명료하고 자명한 것처럼 들리므로 만약 이 생각을 반박하려 한다면 사람들은 귀를 기울여 주기는커녕 오히려 비웃을 것이다. 이 생각에 포함되어 있는 오류, 종종 우리에게 해를 끼치기도 하는 이 큰 오류를 밝히는 것은 주어진 지면으로는 도저히 불가능한 것이고, 또 적어도 철학적인 사고를 가진 사람이라면 이제 와서 그것을 새삼 밝힐 필요도 없을 것이다.

인간의 이성이라는 것은 마음 내키는 대로 진리를 부분

적으로 탐구하고자 하는 경향을 띠고 있기 때문에, 사실 이
성 이전의 단계에서 일어나는 무수히 많은 착오 중의 하나
일 뿐이라고 말하면 오늘은 충분할 것이다.

윌리엄 윌슨
william wilson

윌 리 엄 윌 슨

이를테면 임시로 윌리엄 윌슨이라고 해두자. 굳이 내 본명을 밝혀 내 앞에 놓인 이 아름다운 지면을 더럽히고 싶지 않기 때문이다. 그것은 이미 우리 가족에게 있어 너무 심한 모멸과 공포, 그리고 혐오의 대상이다. 그 비할 데 없는 오욕은 바람조차 분노하여 이미 이 세상 끝까지 큰 소리로 전하고 있지 않은가.

아, 죄를 짓고도 수치를 몰라 지옥에 떨어진 나한이여! 이 세상과 명예, 영화, 그 황금과도 같은 희망에 대하여 그대는 이미 영원한 죽음을 맞이했노라. 그리고 그대의 희망과 천국 사이에는 끝없는 암담한 먹구름만이 영원히 무겁고 어둡게 드리워 있을 뿐이다.

할 수만 있다면 오늘 이 자리에서는 필설로 다하지 못할 비참함과 용서받지 못할 죄악에 관해 말하고 싶지 않다. 즉 이 시기에 나는 급격히 타락해 갔지만 오늘은 단지 근본적인 동기에 대해서만 말하고자 한다. 일반적으로 사람은 단계적으로 타락하기 마련이라고 한다. 하지만 내 경우는 실로 한순간에 마치 외투 하나를 벗어 던지듯 일체의 덕성을 벗어 던지고 말았다. 굳이 말하자면 나는 별것 아닌 사악함에서 엘라가발스를 능가하는 흉악함으로 마치 거인이 한 걸음 내딛듯 단번에 전락했다. 그렇다면 어떤 동기, 어떤 단 하나의 사건이 이 무서운 화를 초래했는지에 잠시 귀 기울여주기 바란다.

죽음은 이미 다가오고 있고 그 그림자는 겨우 내 마음에도 일종의 정적을 가져다주었다. 죽음의 그림자의 골짜기를 거닐면서도 나는 역시 사람들의 마음에서 우러나오는 동정, 아니 연민이라조차 부르고 싶은 것에 목말라 한다. 어떤 의미로는 나 또한 사람의 힘으로 어찌하지 못하는 환경의 노예였다는 것을 될 수 있는 한 믿어주기 바란다. 내가 지금부터 자세히 말하고자 하는 나의 인생이 진실로 과오의 사막이라 부르기에 충분한 일생이었다 해도, 여러분은 적어도 그 안에서 나를 위해 '숙명'이라는 작은 오아시스를 찾아내 주었으면 하는 바람이다. 동시에 지금까지 내가 받은 것보다 강한 유혹이 존재했다고 하더라도 적어도 나처럼 이런 시험을 받고 또 이렇게 타락한 적은 없다는 사실도 인정해 주었으면 한다. 아니, 인정하지 않을 수 없으리라 생각한다. 나처럼 번뇌한 사람은 아무도 없을 것이다. 진실로 나는 몽환 중에 살아온 것은 아닐까? 그리고 이제 이 지상에 있는 여러 환각 중에 가장 신비로운 환각의 공포와 비밀의 제물이 되어 죽음 앞에 서 있는 것은 아닐까?

나는 본래 환상적 경향과 흥분하기 쉬운 기질을 갖고 있는 어느 가문의 후예로 태어났다. 겨우 세상의 이치를 깨닫기 시작할 무렵부터 나는 이미 이 가계의 특징을 충분히 이어받았다는 뚜렷한 증거를 보였다. 그것은 내가 성장하면서 더욱 심해졌고, 여러 가지 이유로 친구들에게 심각한 걱정거리가 되었을 뿐 아니라, 나 자신이 매사에 매우 손해를 입는 원인이 되었다. 끝없는 변덕의 포로가 되어 제멋대로 행동하는 나는 거의 손을 쓸 수 없을 만큼 격정의 희생양이 되어 있었다. 나와 똑같이 마음이 약하고 평생을 병약함에 고민하던 부모님 역시 나의 이런 나쁜 천성을 저지할 힘이 없었다. 무력하고 잘못된 방향일지언정 때로는 그것을 교정하려 노력해 본 적도 있다. 하지만 그런 노력은 언제나 온전히 부모님의 실패와 나의 승리로 끝날 뿐이었다. 그 후로 나의 한 마디는 우리 집의 법이 되었다. 세상의 다른 아기들이 아직 기저귀도 떼지 못할 나이부터 나는 이미 완전한 내 세상을 구축하고 있었으며, 명의야 없었지만 실질적으로는 완전히 자기 행동의 주인이었다.

내 학교생활의 기억 중 가장 오래된 것은 영국의 안개 자욱한 어느 마을의 커다랗고 볼품없는 엘리자베스 왕조풍의 건물로 이어진다. 옹이가 울퉁불퉁한 거대한 노목이 셀 수 없이 많고 건물이란 건물은 모두 무섭도록 낡은 것이었다. 고색창연한 오래된 시가지, 실로 마음이 차분해지는 꿈같은 마을이었다. 지금도 내 마음은 짙은 그림자를 드리운 가로수 길의 상쾌함을 느끼고 무수한 거목들의 향내를 맡으며, 깊고 공허하게 울리는 교회 종소리의 여운에 형용할 수 없는 기쁨을 맛보곤 한다. 꼭 한 시간마다 애절하고 어두운 교회의 종소리가 격자무늬의 고딕 첨탑을 에워싸면서 잠들어 있는 어스름한 대기의 정적을 깨고 울려 퍼졌다.

그 학교에 관계된 추억을 아주 세세한 부분까지 더듬는 것은 지금의 내가 경험할 수 있는 가장 큰 기쁨이다. 깊은 불행, 그것도 너무나 현실적인 불행에 무릎을 꿇은 지금의 내가 불안한 마음을 안고 이렇게 한 줄 두 줄 끼적이는 가운데, 설사 그것이 덧없는 것일지라도 조금이나마 마음의 위로가 될 수 있는 것을 찾아내려는 시도를 다른 사람들도

용서하리라 믿는다. 게다가 이 추억들은 사실 그 자체만으로는 전혀 쓸데없고 오히려 어리석은 것일지도 모르지만, 한편으로 그것이 훗날 나를 완벽하게 지배한 운명에 대해 막연한 첫 경고를 준 시기와 장소에 관한 것이라고 생각하면 내 마음속에 뭔가 커다란 의미를 던져주는 것이다. 그러면 계속 추억을 더듬어가기로 하자.

앞서 말했다시피 우리 학교의 건물은 낡고 형태도 고르지 못했다. 널찍한 구내 주위에는 기와로 만든 튼튼한 담이 빙 둘러싸고 있고, 그 위에는 회반죽에 유리 파편이 가득 박혀 있었다. 마치 감옥과도 같은 이 담이 우리 세계의 한계였으며, 그 너머를 볼 수 있도록 우리에게 허락된 것은 겨우 일주일에 세 번뿐이었다. 한 번은 매주 토요일 오후 조교수 두 명의 인솔로 근처의 들판에 나가 잠시 집단 산책을 할 때이고, 또 한 번은 일요일에 두 번 이 또한 마찬가지로 똑바로 줄을 서서 마을에 있는 유일한 교회의 아침 예배와 저녁 예배에 갈 때였다. 교회의 목사님은 다름 아닌 우리 학교 교장이었다. 그가 장중한 발걸음으로 설교단을 천천히 올라가는 모습을 나는 멀리 떨어진 2층 내 자리에서 얼마나 놀랍고 곤혹스런 눈길로 바라보곤 했던지. 너무나도 엄숙하고 온화한 얼굴, 누가 봐도 성직자답게 펄럭이며 윤기 나는 긴 옷, 정성스레 가루를 뿌린 위엄으로 가득 찬 커다란 가발. 아, 과연 이 사람이 조금 전까지만 해도 우거지상에 코담배로 더럽혀진 양복을 입고 회초리를 손에 든 채 준엄하기 그지없는 교칙을 장려하던 그 사람이란 말인가? 이것이야말로 불가사의한 일, 절대로 풀리지 않는 기괴하기 짝이 없는 수수께끼였다.

육중한 담벼락의 한 구석에는 그보다 배로 육중한 문이 하나 암울한 미간을 찌푸리고 있었다. 빗장과 징 등 모든 것이 쇠로 만들어진데다 문 위에는 쇠로 만든 날카로운 철책이 박혀 있었다. 그것은 한눈에도 말할 수 없는 위엄과 공포를 느끼게 했다. 앞서 말한 세 번의 정해진 출입 시간 외에는 결코 열리지 않는 그 문은 한번 열릴 때면 거대한 경첩이 삐걱거렸고, 그 소리를 들을 때마다 우리는 무한하고 엄숙한 세계의 신비로움을 느끼며 그보다 더 무한한 의미를 발견할 수 있었다.

넓은 학교 부지에는 군데군데 쑥 들어간 넓은 공터가 많이 있어 매우 불규칙한 모양을 하고 있었다. 이들 공터 중 가장 넓은 서너 개가 운동장이었다. 땅은 평평하고 표면에 고운 모래자갈이 깔려 있었다. 지금도 기억나지만 그곳에는 나무도 없고 벤치도 없었다. 그 비슷한 것도 없었다. 물

론 그런 것은 모두 교사 뒤쪽에 있었고 정면에는 작은 화단
이 있어 회양목과 다른 관목이 심어져 있었다. 하지만 우리
가 이 성지를 지나가는 것은 매우 특별한 경우, 예를 들어
처음 입학할 때나 졸업할 때, 아니면 기껏해야 크리스마스
나 여름방학에 부모님이나 친척들이 방문하

여 서둘러 집에 돌아갈 때뿐이었다.

하지만 아무리 그래도 그 교사는
얼마나 낡고 이상한 건물이었던가!
그리고 내게 있어 얼마나 신비한
매력을 지닌 궁전이었던가! 글자 그
대로 우여곡절과 같은 그 구조, 이해할 수 없는 내부 구획
은 우리의 예측을 불허하는 것이었다. 예를 들어 자기가 이
2층짜리 교사의 1층에 있는지 2층에 있는지 문득 자신 있
게 말할 수 없을 때가 있었다. 방과 방 사이에는 올라가든
내려가든 반드시 서너 단의 계단이 있었고, 게다가 옆으로
빠지는 통로가 너무 많아 자신도 모르는 사이에 어느새 원
점으로 되돌아오는 경우도 적지 않았다. 따라서 결국 건물
전체에 대한 우리의 정확한 관념은 마치 무한에 대해 사색
할 때의 관념과 그리 다르지 않았다. 이 학교에 5년 동안
재학하는 동안 나는 나 자신과 스무 명 남짓한 급우들에게

각각 주어진 작은 침실이 건물의 이 구석 저 구석으로 서로 얼마나 멀리 떨어져 있는지조차 끝내 정확하게 확인할 수는 없었다.

교실은 건물 안에서, 아니 내 생각으로는 이 세상에서 가장 큰 방이었다. 무서우리만치 길고 좁았으며 천장이 낮아 음침했다. 창문은 뾰족한 고딕풍이고, 천장에는 떡갈나무 판을 댔다. 가장 안쪽의 왠지 기분 나쁜 한 구석에 사방 3미터 정도의 네모난 칸막이가 있었는데, 이곳이 바로 우리 브런즈비 교장이 업무를 보는 성지였다. 이곳은 커다랗고 무거운 문이 달린 견고한 구조였는데, 만약 누군가 우리에게 '주인'이 없는 동안에 이 문을 열어보라고 했다면 우리는 기꺼이 '영겁의 고통' 속에 죽는 쪽을 택했을 것이다.

또 다른 구석에는 비슷한 칸막이가 두 개가 있었는데 이곳 또한 경외의 대상이 되기에는 부족했지만 상당한 공포의 대상이었다는 점은 다르지 않다. 하나는 '고전 과목' 선생님의 교단이었고 또 하나는 '영어 겸 수학' 선생님의 교단이었다. 방 안에는 이를 데 없이 많은 의자와 책상이 끝도 없이 난잡하게 얼키설키 어질러져 있었다. 게다가 그것들은 모두 고풍스럽고 새까맸으며 무섭게 낡은 것이었다. 뿐만 아니라 책상 위에는 그야말로 손때가 꼬질꼬질 묻은 책들이 지저분하게 쌓여 있었고 예전엔 그나마 다소 원래 모습이 남아 있었을지도 모르는 원판은 이제 칼로 조각된 누군가의 이름이나 이니셜, 기괴한 그림 때문에 전혀 흔적을 찾아볼 수 없을 정도였다. 또 다른 한편 끝에는 물이 든 큰 통이 있었고, 반대쪽 끝에는 이 또한 엄청나다고 할 큰 벽시계가 걸려 있었다.

나는 이 고색창연한 학교의 장엄한 담에 둘러싸여 열 살부터 열다섯 살까지 권태도 모르고 혐오도 모른 채 보냈다. 아직 풍요로운 소년의 두뇌는 흥미를 충족시키는 데 결코 외부 세계에서 일어나는 사건을 필요로 하지 않았다. 언뜻 보기에는 그저 음울하고 단조로운 학교생활도 내게는 나이를 좀 먹은 후 알게 된 향락으로 인한 흥분이나 성인이 된 후 죄악으로 인해 얻게 된 흥분보다도 훨씬 강렬한 자극이 넘쳐흐르는 것이었다. 하지만 그럼에도 불구하고 내 소년 시절의 마음은 이때 이미 수많은 비정상적인 방향, 정상 궤도에서 완전히 벗어난 방향으로 성장하고 있었다. 보통 사람들은 어른이 된 후에는 아주 어린 유아기에 일어난 일에 대해 거의 이렇다 할 인상이 남아 있지 않다. 모든 것이 이른바 잿빛 그림자처럼 그저 희미하고 단락적인 기억에 불과하고 단지 미미한 쾌감과 만화경과도 같은 고통의 모호

한 재현에 지나지 않는 법이다. 하지만 나는 그렇지 않았다. 나는 유년 시절에 이미 어른처럼 강렬한 것을 느끼고 있었다. 그것은 마치 카르타고 유적의 메달 문양 못지 않게 선명하고 확실하고 결코 마멸되지 않는 선을 그리며 내 기억에 각인되어 있다.

그렇지만 사실 세속적인 의미로 말하자면 특히 이렇다 할 만한 사건이 얼마나 없었는지! 아침에 눈을 뜨고 밤에 잠자리에 들기, 암기와 복창, 정기적 휴식과 산책, 때때로 일어나는 운동장에서의 싸움, 놀이, 장난. 겨우 이런 것에 지나지 않지만 바로 이런 것들이 지금은 이미 완전히 사라져버린 마음의 마술로 인해 내게 끊임없는 감동과 한없는 풍요로운 사건, 그리고 그야말로 무한히 다채로운 감정과 마음 깊은 곳을 뒤흔드는 격심한 흥분을 맛보게 해줬다.

「아, 즐거웠던 시절이여!」

사실 매우 정열적이고 절대 남에게 양보하지 않는 내 성격 때문에 나는 얼마 지나지 않아 친구들 사이에서 특이한 놈이란 정평을 얻게 됐고 언제부턴지 나와 비슷한 또래의 소년들 사이에서 서서히 세력을 얻게 되었다. 그런데 단 한 사람 예외가 있었다. 그는 나와 친척도 아니었는데 성과 이름이 똑같았다. 물론 그것만이라면 별 이상할 것도 없었을 지 모른다. 왜냐하면 분명 명문가 출신이기는 하지만 내 이름은 매우 흔한 것이었으며 이른바 시효의 권리에 의해 언제부터인가 오히려 일반 민중의 것이 된 지 오래였기 때문이다. 그래서 이 고백을 함에 있어서도 나는 윌리엄 윌슨이라는 가명을 쓰고 있는 것인데, 그런 의미로는 이 가명도 본명과 그다지 다르지 않다. 그런데 학교에서 통용되는 말인 이른바 '우리 그룹' 중에서 오로지 단 한 명, 이 동성동명의 소년만이 학업이나 교정에서 열리는 운동 경기, 싸움 등에 있어 일부러 내게 대항하고 대놓고 말은 안 해도 내 말을 무시하고 내 의사에 복종하기를 거부하는 것이었다. 아니, 그 정도가 아니다. 그는 내 명령이라면 무슨 일이든 즉각 간섭했다. 만일 세상에 절대적인 전제주의가 존재한다면 그것은 아마 심약한 친구들에 대한 소년 폭군의 전제주의일 것이다.

윌슨의 반항은 내게 매우 곤혹스러운 것이었다. 나는 그의 그런 행동에 대해 남들 앞에서야 항상 그의 말이나 행동을 무시했지만 마음속으로는 그가 두려웠던 게 사실이다. 마치 아무것도 아니라는 듯 가볍게 내게 반항하는 그 능력. 사실 나는 그에게 그저 지지 않으려고 시종일관 전전긍긍

했었다. 이것이야말로 그가 나보다 우월하다는 명확한 증거가 아닌가 하는 생각이 나를 더욱 곤혹스럽게 만들었다. 그런데 그런 그의 우월감이나 나와의 갈등을 나 외에는 아무도 알지 못했다. 친구들은 눈에 뭐가 씌었는지 그런 낌새도 보이지 않았다. 그러고 보면 사실 그의 경쟁심이나 저항, 특히 내 의지에 대한 건방지기 짝이 없는 집요한 간섭

도 우리 둘 사이에서만 일어나는 일이지 결코 노골적인 것은 아니었다. 즉 언제나 자신 안에서 자신을 자극하여 남을 이기게 하는 야심이나 정열이 그에게는 없는 것 같았다. 그의 대항의식은 단지 나를 무릎 꿇게 하고 놀라게 하며 괴롭히려는 매우 일시적인 기분에서 나오는 것 같았다. 그러면서 때로는 그의 불법이나 모욕, 반항 가운데 놀랄 정도로 어울리지 않고 하나도 재미없는 일종의 애정이 넘치는 태도가 섞여 있는 것을 느끼고 나는 놀라움인지 불쾌감인지 모를 감정에 휩싸이곤 했다. 결국 나는 그의 이 기묘한 태도가 비열하게도 나에 대해 머리 꼭대기에서 보호자 노릇을 하려는 극도의 허영심에서 나온 것이라고 생각할 수밖에 없었다.

상급생 사이에서는 언제부턴가 둘이 형제라는 소문이 떠돌고 있었는데 아마도 그것은 둘의 이름이 같다는 점과 우연히 같은 날 입학했다는 점 외에도 지금 말한 윌슨의 이런 특징 때문일 것이다. 그들은 보통 하급생에 대해 자세히 알려 하지는 않는다. 앞서도 말했지만 윌슨은 아무리 먼 친척까지 따져 봐도 우리 집안과는 전혀 관계가 없다. 하지만 만약 우리가 형제였다면 아마 그냥 형제가 아니라 쌍둥이였음에 틀림없다. 학교를 떠난 후 나는 우연히 그가 1813년 1월 19일생이라는 것을 알게 되었다. 이것은 약간 놀라운 우연이다. 왜냐하면 이 날이야말로 내 생일이기도 하기 때문이다.

기이하게 생각할지도 모르지만 나는 윌슨의 경쟁심과 참기 힘든 반항심에 밤낮으로 고민하면서도 그를 끝까지 미워할 수는 없었다. 사실 윌슨과 나는 거의 매일 말다툼을 벌였다. 게다가 그는 남들 앞에서는 내게 승리를 양보하면서도 어떻게 된 일인지 정말 이긴 것은 그라는 생각이 들도록 하는 것이었다. 어쨌든 내 자부심과 그의 침착함이 둘 사이를 이른바 '말을 트고 지내는 사이' 정도로 유지시켜 줬다. 돌이켜보면 둘의 성격 중에는 너무나도 잘 맞는 부분도 있었고, 그 때문에 나는 때때로 만약 둘의 입장이 지금

같지 않았다면 충분히 우정으로까지 발전할 수도 있었을 것이라고 생각하곤 했다. 사실 그에 대한 나의 진실된 감정을 털어놓자면 한 마디로 정의를 내리는 건 고사하고 대략적인 설명을 하기조차 곤란할 것이다. 실로 잡다하고 다양한 감정들이 혼재했다. 초조한 적개심, 그러면서도 증오라고는 할 수 없는 것, 얼마간의 경의, 나아가 그 이상의 존경, 대단한 경외심, 끊임없이 불안한 호기심 등이었다. 도덕론자들에게는 새삼 부언할 필요도 없겠지만 결국 윌슨과 나는 서로 떼려야 뗄 수 없는 관계였던 것이다.

우리 둘 사이에 존재했던 이 이례적인 관계가 원인이라는 것은 의심할 여지도 없으나 그 때문에 그애에게 자주 공격을 가하곤 했는데, 물론 그것은 종종 있는 일로써 공공연히 또는 은밀하게 이루어졌다. 공격은 진지하고 단호한 적의의 형태를 취하기보다 모두 야유와 장난이라는 형태─그저 장난일 뿐이라는 얼굴로 고통을 주는 것이 가능하기 때문에─를 취하게 되었다. 하지만 이런 나의 노력은 제아무리 계획이 잘 짜여져 있더라도 결코 성공하지는 못했다. 왜냐하면 윌슨은 자기가 꺼내는 짓궂은 농담은 재미있어 하면서도 결코 자신의 약점은 보이지 않고 남의 웃음을 사는 짓은 절대 하지 않는다. 그는 그렇게 조용하면서도 기죽지 않는 근엄함을 다분히 갖고 있었다. 물론 단 한 가지 약점도 있었다. 하지만 그것은 아마 그의 선천적 질병에서 오는 육체적 특이성에 기인하는 것으로 만약 나처럼 꼬치꼬치 캐고 드는 사람이 아니라면 절대 눈치 채지 못할 정도의 것이다. 즉 그는 인후부 기관에 어떤 결함이 있어 어떤 경우라도 낮게 속삭일 뿐 큰 소리는 낼 수 없었다. 나는 그의 이 별것 아닌 약점을 최대한 이용하기 시작했다.

월슨이 같은 방법으로 복수를 하는 일은 흔한 일이었으며 그중에서 나를 몹시 괴롭히는 장난이 한 가지 있었다. 아무리 그가 총명하다지만 어떻게 그렇게 시시한 일이 내게 고통의 씨앗이 될 수 있다는 것을 알았을까? 나는 도저히 알 수가 없었다. 하지만 일단 그가 내 약점을 잡은 뒤로 그는 거의 끊임없이 이 방법으로 나를 괴롭혔다.

나는 평범한 내 성과 천하지는 않지만 어디에나 널려 있는 내 이름을 매우 싫어했다. 이 이름을 들으면 귀가 썩는 것 같았다. 따라서 나와 같은 날에 윌리엄 윌슨 한 사람 더 입학했다는 소리를 들었을 때 나는 단지 이름이 같다는 이유만으로 그에게 분노를 느꼈다. 보지도 듣지도 못한 남이 나와 같은 이름을 갖고 있다. 그렇다면 이 이름이 항상 두 번은 불릴 것이며 매일매일의 학교생활에 있어 그가 항상 옆에 있으니 이 불쾌한 이름 덕에 그와 내가 헷갈릴 것은 피할 수 없는 사실 아닌가. 이런 생각이 들자 나는 내 이름이 더욱 싫어졌다.

이렇게 해서 생긴 나의 고통은 그 후 매사에 정신적으로 나 육체적으로나 그와 닮았다는 소리를 들음으로써 한층 더 심해졌다. 당시에는 아직 둘이 나이가 같다는 놀라운 사실 까지는 모르고 있었다. 단지 둘이 키가 같고 체형에서부터 얼굴 윤곽에 이르기까지 이상할 정도로 닮았다는 것은 나도 느끼고 있었다. 게다가 상급생들 사이에 떠도는, 둘이 친척 이네 어쩌네 하는 소문도 내게는 듣기 싫은 고통이었다.

요컨대 우리 둘의 유사함, 즉 정신적으로도, 육체적으로 도, 처한 경우에 있어서도 비슷하다는 사실이 간접적으로 나마 언급됐을 때만큼 나를 진심으로 불안하게 만드는 경 우는 없었다. 물론 나는 그런 불안을 항상 전전 긍긍하며 감추고 있었고, 친척 운운하는 소문 을 제외하면 윌슨 이외의 친구들은 이 유사함 을 직접 화제로 삼은 적도 없었고 눈치조차 못 챈 것이 아닌가 생각된다. 오직 윌슨만이 여러 관점으로 볼 때 나 못지않게 이 유사성 에 열심히 주의를 기울이고 있었다는 것은

확실하다. 하지만 아무리 그렇다고 이것으로 말미암아 그렇게 효과적으로 사람을 괴롭히는 방법을 찾아냈다는 것은 앞서 말했듯이 그가 남다른 총명함을 지녔기 때문이다.

단지 나와 닮은 것에 그치지 않고 나를 똑같이 모방하려면 물론 말과 행동이 똑같아야 한다. 그는 보기 좋게 그것을 흉내 냈다. 복장을 흉내 내는 것은 아무것도 아니다. 걸음걸이나 일체의 동작도 그는 어렵지 않게 흉내 냈다. 그는 자신의 선천적 결함에도 불구하고 내 목소리까지 빠뜨리지 않고 흉내 냈다. 물론 내가 큰소리를 지르는 것까지는 흉내낼 수 없었지만 목소리의 톤은 똑같았다. 그의 속삭이는 듯한 기묘한 어조는 아예 내 목소리의 메아리가 되어버렸다.

이 절묘한 흉내가 얼마나 나를 괴롭혔는지 더 이상 말하지 않겠다. 그것은 단순한 장난 이상이었기 때문이다. 그래도 한 가지 위안이 되는 것은 이 흉내를 알고 있는 사람이 나 혼자인 것 같다는 점이었다. 그러니 윌슨의 기묘하게 비꼬는 듯한 웃음을 내가 참기만 하면 그만이었다. 그는 소기의 효과가 내게 나타나면 그것으로 만족하고 자신이 내게 준 고통에 혼자 회심의 미소를 짓고 있을 뿐이었다. 하려고만 들면 얼마든지 남들에게 칭찬을 들을 수도 있겠지만 그는 처음부터 그럴 생각은 없었다. 다른 학생들이 그의 속셈을 전혀 알아채지 못한 채 그의 성공을 인정하지도, 함께 나를 조소하지도 않은 것이 내게는 오랫동안 의문으로 남아 있다. 남들이 알아차리지 못한 것은 아마 그가 내 흉내를 내는 것이 매우 서서히 이루어졌기 때문이리라. 아니, 그보다는 그가 너무나 치밀하게 흉내 냈기 때문에 오히려 나의 안전이 보장된 것일지도 모른다. 즉 예를 들어 어떤 그림을 볼 때 바보들은 표면적인 유사함만을 보지만 그는 그런 것을 경멸했고 단번에 그림의 정신 전체를 파악하여 그저 혼자 봐라, 혼자 고통받아라 하고 나에게 내민 것이 아닌가 싶다.

나에 대해 그가 취한 참을 수 없는 보호자적인 태도와 내 의지에 대한 계속되는 쓸데없는 간섭에 대해서는 이미 말한 바 있다. 이 간섭은 종종 아주 무례한 충고의 형태를 취했는데, 오히려 공공연한 것이 낫지 은근슬쩍 빗대는 것은 더욱 참을 수 없었다. 나는 처음부터 그것이 혐오스러웠으나 시간이 흐를수록 내 혐오감의 강도는 더욱 높아졌다. 하지만 모든 것이 이제 먼 옛날 일이 된 지금, 그를 위해 이것만은 인정해야겠다. 즉 그의 거듭되는 충고는 지금 생각해도 젊은 혈기나 미숙함에 따라다니기 마련인 과오와 어리석음에 빠진 적이 한 번도 없었다. 일반적인 재능이나 세속적인 지혜는 잘 모르겠지만 적어도 도의감만은 그가 나보다 훨씬 날카로웠다. 만일 내가 당시에 그렇게도 혐오스럽고 모욕으로 가득 찬 그 의미심장한 귓속말 충고를 그렇게 질색하지 않았더라면 지금의 나는 조금 더 선량하고 행복한 인간이 되어 있을지도 모른다.

하지만 이제 와 후회한들 무슨 소용이 있을까. 나는 그가 참견하는 것을 점점 참을 수 없게 되었고 날로 더해 가는 그의 그 견딜 수 없는 거만함을 드러내 놓고 미워하게 되었다. 앞에서도 말했다시피 친구로서의 그에 대한 초기의 내 감정은 오히려 쉽게 우정으로 발전할 수도 있는 것이었다. 하지만 학교생활이 끝나갈 무렵, 그가 지나치게 나서는 일은 분명 어느 정도 줄어들었지만 내 감정은 그에 반비례하여 적극적인 증오로 변해 있었다. 아마 어느 시기에 그도 그것을 알아차린 것 같았다. 그 후로는 그가 나를 피했고 적어도 내 눈에는 나를 피하는 것처럼 보였다.

내 기억이 틀리지 않다면 아마 그 무렵이었을 것이다. 둘이 심하게 말다툼을 했는데, 그가 평소와 달리 긴장을 풀었는지 그답지 않게 노골적으로 응수해 왔다. 그때였다. 나는 그의 어조와 태도, 그리고 전체적인 모습에서 문득 새로운 사실을 발견했다. 아니, 적어도 발견한 것 같다는 느낌이 들어 처음엔 놀랐지만 이윽고 매우 강한 흥미를 느끼게 되었다.

나는 나도 모르게 희미하고 어두운 꿈과 같은 내 유년 시절의 기억을 떠올렸다. 사실 그것은 기억 자체가 아직 형성되기도 전의 정말 맥락도 없고 별것도 아닌 기억이긴 했지만. 그때 내 머리를 압박하던 그 답답한 감정을 뭐라고 표현하면 좋을까. 지금 내 눈앞에 서 있는 그를 아주 아득한 먼 옛날부터 분명 내가 알고 있다는 느낌을 떨쳐버릴 수 없었다는 식으로 표현할 수밖에 없을 것이다. 물론 이 착각은 금방 사라졌다. 내가 이 얘기를 하는 것은 단지 이 동성동명의 기묘한 친구와 내가 이 학교에서 마지막으로 대화를 나눈 날을 확실히 밝히고 싶기 때문이다.

무수히 많은 방이 있는 이 커다랗고 낡은 건물에는 서로 왕래할 수 있는 큰 방이 몇 개 나란히 있었는데 학생들은 거의 이런 방에서 잠을 잤다. 너무나 무질서하게 지어진 건물이라 어쩔 수 없는 일이기는 하지만 이 건물에는 버려진 공간이랄까 좁은 구석이나 움푹 들어간 장소가 많이 있었다. 그것은 기껏해야 찬장 정도의 크기로 한 곳에 한 사람 이상은 도저히 들어갈 수 없었지만 브런즈비 박사의 경제적 수완은 그것조차 침실로 이용했다. 그리고 그 중 한 곳이 우리 윌슨의 것이었다.

5학년이 끝나갈 무렵의 어느 날 밤이었다. 앞서 말했던 말다툼이 있은 직후였는데 나는 모두가 잠든 후에 살며시 일어나 한 손에 램프를 들고 발소리를 죽인 채 텅 빈 좁은 복도를 지나 내 침실에서 그의 침실로 향했다. 실은 나는 지금까지 항상 실패만 거듭했지만 어떤 짓궂은 장난을 오래 전부터 계획하고 있었다.

나는 지금이야말로 그 계획을 실행에 옮겨 내가 갖고 있는 적의를 그에게 지겹도록 맛보여줄 때라고 생각했다. 나는 그의 방 앞에 도착해 램프는 덮개를 씌워 밖에 두고 소리 없이 숨어 들어갔다. 그리고 한 발자국 내딛은 후 조용한 숨소리를 확인했다. 그가 잠이 든 것을 확인하고 나서 다시 방 밖에 놔둔 램프를 갖고 들어와 침대 곁으로 갔다. 침대 주위에는 두꺼운 커튼이 쳐져 있었다. 계획대로 살짝 커튼을 들추자 밝은 빛이 자고 있는 그의 얼굴 위에 비춰졌다. 그리고 그 순간 내 눈은 그의 잠든 얼굴에 꽂히듯 움직이지 않았다. 그의 얼굴을 뚫어져라 쳐다보고 있자니 갑자기 얼음처럼 차가운 감정이 내 전신을 감쌌다. 가슴이 두근거리고 무릎이 후들거렸으며 막연하면서도 견딜 수 없는 공포가 내 몸을 점령했다.

나는 겨우겨우 숨을 내쉬며 잠든 그의 얼굴에 램프를 더 가까이 가져갔다. 이것이 과연 윌리엄 윌슨의 얼굴이란 말인가? 분명 그것은 그의 얼굴이었다. 하지만 나는 그 얼굴이 왠지 다른 사람처럼 느껴져 마치 학질에 걸린 사람처럼 몸을 떨었다. 대체 이 얼굴의 무엇이 나를 이토록 놀라게 하는가? 나는 계속 응시했다. 머릿속은 지리멸렬한 생각들로 거미줄처럼 얽혀 있었다.

생생하게 깨어 있을 때의 그는 이런 얼굴이 아니었다. 결코 이런 얼굴이 아니었다. 이름도 똑같다! 얼굴과 체형도 그렇다! 학교에 들어온 날까지 똑같은 것이다! 또 있다. 내 걸음걸이, 목소리, 버릇, 몸짓에 이르기까지 판에 박은 듯 재현해 내는 그의 그 집요하고 무의미한 흉내! 하지만 지금 내 두 눈으로 보고 있는 이 얼굴이 아무리 오랜 습관이라고 해도 단지 짓궂은 흉내의 결과라니. 과연 그런 일이 일어날 수 있는 것인가. 온몸에 소름이 돋은 나는 등골에 오한과도 같은 것을 느끼며 램프를 끄고 조용히 방에서 빠져나왔다. 그리고 그대로 그 낡은 학원 건물을 도망치듯 뒤로 한 후 결국 두 번 다시 돌아가지 않았다.

나는 몇 달 동안을 그저 집에서 빈둥거리다가 이튼에 입학했다. 집에서 쉬는 동안 브런즈비 학원에서 일어난 일의 기억도 거의 희미해져 갔고 적어도 그 기억에 대한 감정은 현저히 달라져 있었다. 그 이상한 경험도 이젠 그저 지나간 비극일 뿐이었다. 내가 잘못 본 것이 아닐까 하는 생각이 들 만큼의 여유도 생겼고 가끔 그 생각이 나더라도 내가 왜 그렇게 경솔하게 믿어버렸나 하는 생각도 들고 또 우리 집안 내력인 풍부한 상상력 때문이겠지 하며 혼자 쓴웃음을 짓는 정도였다. 게다가 이런 회의적인 생각은 이튼에서의 내 생활의 특성상 결코 줄어들지 않았다.

얼마 후 정신없이 타락의 늪에 떨어진 무분별하고 어리석은 내 행동의 소용돌이는 과거의 생활 따위는 거품만을 남긴 채 순식간에 씻어내려 무겁고 진지한 인상은 남김없이 삼켜버리고 없어도 그만인 기억들만 남겨두었다.

물론 학교의 감시가 미치지 않는 범위에서 학칙을 무시하는 정도이긴 했지만 나의 이 천박한 생활을 지금 일일이 말할 생각은 없다. 아무런 이득도 없이 그저 흘러가 버린 3년의 세월은 한편으로는 벗어나기 힘든 고착된 악습을 형성함과 동시에 내 키를 다소 비정상적일 정도로 자라게 했다. 내가 일주일이나 정신없이 놀고 나서 내 나쁜 친구들 중에서도 정예들만 추려 내 방에 몰래 불러 비밀 파티를 연 것도 그 즈음이었다.

시간은 벌써 한밤중이었지만 우리는 평소처럼 날이 밝도록 마실 생각이었다. 술이 물처럼 없어졌고 술보다 더 위험한 유혹도 여러 가지 준비되어 있었다. 동쪽 하늘에는 이미 희미하게 아침이 밝아오고 있었지만, 우리의 광란의 향연은 오히려 절정을 맞이하고 있었다. 카드와 술에 곤드레만드레 취한 내가 신에 대한 모독의 말을 내뱉으며 축배를 들자던 바로 그 순간이었다. 문득 내 방문을 거칠게 여는 소리와 함께 기침 섞인 하인의 목소리가 들렸다. 급한 볼일로 나를 찾아온 사람이 현관에서 기다리고 있다는 것이었다.

술이 머리 꼭대기까지 취한 나는 갑자기 찾아온 이 침입자로 인해 놀라기보다는 오히려 기뻐했다. 당장 자리를 박차고 일어나 대여섯 걸음 떨어진 현관까지 비틀거리며 걸어갔다. 천장이 낮고 좁기까지 한 현관에는 램프도 없어 이 시간에 빛이라고는 반원형의 창을 통해 들어오는 극도로 약한 아침 햇살뿐이었다.

내가 현관 문턱을 막 넘으려는 순간이었다. 나와 똑같은 키, 그리고 그때 내가 입고 있던 것과 똑같은 당시 유행하던 캐시미어로 만든 흰색 모닝코트를 입은 청년의 모습이 내 눈에 들어왔다. 그 정도는 희미한 아침 햇살로도 어떻게 알 수 있었지만 그의 얼굴은 도무지 알아볼 수 없었다. 내가 현관에 나가자 그 청년은 큰 걸음으로 뚜벅뚜벅 내게 다가왔다. 그리고 마치 기다렸다는 듯 갑자기 내 팔을 붙잡고 귓가에 속삭였다.

「어, 윌리엄 윌슨!」

그 순간 나는 술이 확 깨는 것을 느꼈다. 본 적이 없는 이 청년의 몸짓과 내 눈앞에 내민 그 손가락의 마치 빛 저편에 있는 듯한 떨림. 그것만으로도 내 마음은 경악했지만 내가 그렇게 심하게 동요한 건 그것 때문만은 아니었다. 비정상적으로 낮은 그의 목소리에 숨겨진 마치 질타라도 하는 듯한 엄숙한 경고의 어조. 단 몇 마디일 뿐이었지만 너무나도 익숙한 속삭이는 듯한 목소리의 성질과 음색과 상태. 그것이 벼락처럼 내 마음에 떨어졌고 단숨에 내 지나간 나날의 기억을 되살아나게 했던 것이다. 그러나 내가 겨우 제정신을 차렸을 때는 그는 이미 사라지고 없었다.

물론 이 일은 어지러운 내 머릿속에 선명하게 기억됐지만 그것이 너무나 선명했기 때문에 사라지는 것도 빨랐다. 나는 한 2, 3주 동안을 그저 이 궁리 저 궁리하거나 병적인 망상에 빠져 지냈다. 짓궂게도 나를 방해하고 넌지시 경고를 던져 나를 괴롭히는 그 기괴한 인물. 그가 누구인지 내 마음을 속일 수 없었다. 그런데 대체 이 월슨은 누구란 말인가? 도대체 어디에서 왔고 목적이 무엇이란 말인가? 이 의문에 대한 답은 내가 브런즈비 학원에서 도망쳐 나온 날 그도 가정 사정으로 갑자기 학교를 그만두었다는 것을 알 때까지는 아무리 생각해도 만족스런 답을 얻을 수 없었다. 하지만 얼마쯤 지나자 내 머릿속은 앞으로 옥스퍼드에 가기 위한 여러 가지 계획으로 가득 찼고, 나는 그에 대해 생각하는 것을 그만두었다.

나는 옥스퍼드에 곧 들어가게 되었다. 게다가 아무런 생각이 없고 허영심으로 가득 찬 나의 부모는, 이제 습성이 되어버린 방탕에 마음껏 빠질 수도 있고 영국에서 내로라하는 귀족 집안의 자제들과도 낭비 경쟁을 벌일 수 있을 만한 여비와 학비를 내게 주었다.

이렇게 악덕에 박차가 가해지자 내가 태어날 때부터 갖고 있었던 성향은 곧 두 배의 속도로 폭발했다. 나는 그 무엇도 신경 쓰지 않고 향연에만 빠져 인간이 기본적으로 갖고 있어야 할 도의마저 짓밟아버렸다. 이제 와서 그런 방탕의 전말을 세세히 말해 봐야 무슨 소용이 있을까. 그저 당시의 내 문란한 생활이 어떤 방탕아도 울고 갈 정도였고, 내가 새로 고안해 낸 나쁜 짓들도 셀 수 없이 많았으며 덕분에 나는 당시 유럽에서도 가장 자유로운 대학이었던 옥스퍼드의 통상적인 악덕 행위의 긴 목록에 결코 짧지 않은 추가 사항들을 덧붙였다는 말이면 충분하리라.

하지만 아무리 그래도 내가 결국 이곳에서 신사로서의 체면조차 완전히 던져버리고 끝내 직업 도박사들의 더러운 수법까지 배우고 연마하여 친구들 가운데 멍청한 친구들을 골라 그렇지 않아도 막대한 내 수입을 더욱 늘리는 상습적 수단으로 이용했었다는 사실까지는 믿기 어려울 것이다. 그래도 이것은 엄연한 사실이며 남자로서, 인간으로서 심히 부끄러움을 느껴야 할 이 악행의 비정상성이야말로 실은 그것이 세상의 눈을 아랑곳하지 않고 버젓이 행해진 유일한 이유는 아니지만 가장 주된 이유였다.

사실 그 방탕하기 그지없고 구제불능인 내 친구들조차 화려한 것 좋아하고 개방적이며 돈 아까운 줄 모르는 나 윌리엄 윌슨, 이른바 옥스퍼드 제일의 돈 잘 쓰는 호남아 윌슨이 설마 그런 파렴치한 소행을 하리라고는 생각지 못했을 것이다. 나를 의심하느니 그들은 차라리 눈앞의 명명백백한 증거를

의심했을 것이다. 따라서 이 추종자들은 나의 어리석은 행동들도 그저 왕성한 젊은 혈기의 소치, 단지 남들보다 심한 변덕의 소치일 뿐이라 여겼고 무시무시한 악덕 행위조차 그저 생각 없는 방탕한 생활의 탓으로 돌려주었던 것이다.

내가 한 2년을 이런 식으로 감쪽같이 보내고 있을 때, 그랜디닝이라는 이름의 젊은 벼락부자 귀족이 옥스퍼드에 입학했다. 소문에 따르면 그는 앳틱스 헤로디스에 지지 않는 부자인데 그 재산을 아주 손쉬운 방법으로 모았다고 했다. 얼마 후 나는 그가 저능아에 가까운 인물이라는 것을 알게 됐고 물론 내 사기 수법을 써먹을 절호의 기회로 삼았다. 나는 그에게 자주 트럼프 게임을 하자고 했고 도박사들이 흔히 그렇듯 한층 더 깊은 수렁으로 끌어들이기 위해 초기에는 그가 꽤 많이 따게 해줬다.

그러던 중 드디어 때가 무르익었다는 생각이 들었다. 나는 오늘이야말로 마지막 결전의 날이라고 마음을 먹고 둘의 친구인 프레스톤이라는 학생의 방에서 그와 만났다. 프레스톤을 위해 한 마디 변론을 하자면 그는 물론 내 계획을 추호도 알지 못했다. 나는 내 계획을 더욱 그럴 듯하게 보이기 위해 열 명 정도의 친구들을 더 불렀다. 특히 게임을 시작함에 있어서는 내 먹이인 그랜디닝 스스로가 시작하자고 말할 수 있도록 우연한 계기를 마련하느라 각별히 세심한 주의를 기울였다. 아, 이런 혐오스런 이야기는 나도 이제 그만하고 싶지만 이렇게 너무나도 전형적이고 교활한 지혜가 곳곳에 배치돼 있는데도 불구하고 예나 지금이나 이런 수법에 걸려드는 어리석은 사람이 끊이지 않는 것도 이상한 일이다.

게임은 밤늦게까지 이어졌다. 그리고 드디어 나는 그랜 디닝과 한판 승부에 돌입할 수 있도록 교묘하게 게임을 진행시켰다. 게다가 게임 종목은 내가 특히 자신 있는 에카르테였다. 다른 녀석들은 우리의 흥미진진한 승부에 자신들의 게임은 그만 두고 우리를 둘러싸고 구경하고 있었다. 게다가 내가 교묘한 책략으로 밤부터 술을 잔뜩 먹여놨으니 그랜디닝은 이미 완전히 술에 취해 있었다. 그는 일종의 광기와도 같은 초조함을 보이며 카드를 섞거나 나누고 게임을 하고 있었다. 그의 이 초조함은 분명 술 때문이기도 하겠지만 반드시 그것 때문만은 아닌 것 같았다. 내가 갑자기 크게 이기자 그는 술을 한잔 쭉 들이켠 뒤 이미 막대한 액수로 불어난 판돈을 두 배로 올리자고 했다.

이 모든 것이 다 내 치밀한 계획대로 진행되고 있었다. 나는 별로 내키지 않는다는 표정을 지으며 몇 번이나 조심스럽게 거절했다. 그러다 드디어 그의 말투가 거칠어지자 나는 화가 난 척하며 그렇게까지 말하는 데 어쩔 수 없다고 마지못해 동의했다. 결과는 물론 그가 얼마나 완벽한 내 먹이였는가를 증명하는데 지나지 않았다.

한 시간도 안 돼서 그의 빚은 네 배로 불어났다. 이미 술로 인한 분홍빛 열기는 그의 얼굴에서 완전히 모습을 감추었고 이제 그의 안색은 놀랍게도, 실로 대단할 정도로 창백하게 변해 있었다. '놀랍게도'라고 나는 말했다. 왜 내가 놀랐냐 하면 내가 이것저것 열심히 알아본 바에 의하면 그는 대단한 부자였다. 그것이 사실이라면 지금까지 그가 잃은 액수는 분명 막대한 것임에는 틀림없지만 그렇다고 그렇게까지 사색이 될 정도는 아닐 것이고 나아가 이렇게 심한 타격을 받을 것이라고는 생각할 수 없었기 때문이다.

우선 내 머릿속에 떠오른 것은 방금 들이킨 술 때문이 아닐까 하는 생각이었다. 나는 무엇보다 친구들 앞에서 내 자신의 평판에 상처가 나는 것이 싫었다. 이런 매우 이기적인 동기에서 내가 이제 게임을 그만하자고 단호히 말하려 한 바로 그때

였다. 나는 우리를 둘러싸고 있던 친구들의 얼굴에 비친 어떤 표정과 그랜디닝의 입에서 새어나온 무서운 절망의 외침으로 인하여 겨우 깨달을 수 있었다. 내가 상대를 완전히 파산시켜 버렸고 무슨 이유에서인지 모르지만 그는 모든 사람들의 동정을 받기에 충분하고 악마조차 그 마수를 뻗치지 못할 만큼 불쌍한 처지에 있는 사람이었다는 사실을.

그때 내가 어떻게 하면 좋았을까. 이것은 어려운 문제다. 무일푼이 되어버린 불쌍한 그의 모습은 온 방안에 숨막히는 암울함을 가져왔다.

방안에 잠시 깊고 깊은 침묵이 흐르는 동안 나는 친구들 중 그래도 아직은 선량함을 간직한 녀석들이 나에게 던지는 타는 듯한 모욕과 비난의 시선을 아프도록 느끼지 않을 수 없었다. 그리고 고백하건대, 실제로는 아주 잠시 동안에 불과할지 모르지만 이 참을 수 없이 불안하고 무거운 짐을 내 어깨에서 내려준 것 또한 홀연히 나타난 생각지도 못한 사람이었다는 것이다.

한순간 그 방의 육중한 문이 무서운 기세로 활짝 열리며 방안의 불이란 불이 모조리 마법처럼 꺼지고 말았다. 불이 꺼지는 순간 나는 딱 나만한 키의 한 낯선 남자가 망토로 몸을 감싼 채 방으로 들어오는 것을 볼 수 있었다. 하지만 주위는 캄캄한 어둠에 둘러싸여 있었다. 우리는 그저 그 남자가 우리 한가운데 서 있다는 것을 느낄 뿐이었다. 그의 갑작스런 행동이 순간적으로 우리에게 던져놓은 극도의 놀라움에서 아직 아무도 헤어나지 못하고 있을 때 우리는 그 침입자의 목소리를 들을 수 있었다.

「여러분!」

낮고 분명하며 게다가 결코 잊을 수 없는 그 속삭이는 듯한 목소리. 나는 등골이 오싹하는 것을 느꼈다.

「여러분! 나는 이 무례한 행동에 대해 사과할 생각은 없습니다. 이 행동으로 인해 나는 하나의 의무를 수행하고 있을 뿐이기 때문입니다. 의심할 여지없이 여러분은 이 자, 실제로 오늘밤 그랜디닝에게 에카르테로 막대한 돈을 뜯어낸 이 자의 정체에 대해 아무것도 모르는 것 같습니다. 따라서 나는 여러분이 꼭 알아야 하는 이 자의 정체를 수단과 방법을 가리지 않고 알아낼 수 있는 방법을 이 자리에서 알려드리고자 합니다. 모쪼록 이 자의 왼쪽 소매 깃 안쪽과 테두리를 두른 모닝코트의 큰 주머니 안쪽에 숨겨놓은 것들을 잘 찾아보시기 바랍니다.」

그가 말하는 동안 방안에는 쥐죽은 듯이 조용한 침묵이 흘렀다. 그는 할 말을 마치자 들어왔을 때와 마찬가지로 또 다시 눈 깜짝할 사이에 나가버렸다. 그때 내 기분이 어땠는지는 차마 말로 표현할 수가 없다. 굳이 표현하자면, 이렇다. 지옥에 떨어진 인간이 느끼는 모든 공포를 한순간에 느꼈다고나 할까?

하지만 그 공포조차 천천히 곱씹을 여유는 내게 허락되지 않았다. 즉각 여러 명의 손이 나를 거칠게 붙잡았고 순식간에 다시 불이 켜졌다. 그리고 내 몸수색이 이루어졌다. 소매 깃 안에서는 에카르테에서 가장 중요한 카드가 모조리 나왔고 모닝코트의 주머니에서는 몇몇 패가 나왔다. 이것은 방금 게임에서 쓰던 카드와 크게 다르지 않지만 좋은 패는 모두 상하의 가장자리가 약간 두껍고 안 좋은 패는 반대로 좌우 부분이 두꺼워서 전문가들 사이에서는 '알롱데'라고 불리는 것이었다. 이런 카드를 쓰면 상대가 늘 하던 대로 카드를 세로로 섞었을 때 자연히 좋은 패가 내 쪽으로 오게 돼 있고 반대로 내가 가로로 섞었을 때는 상대에게 안 좋은 패만 건네줄 수 있는 것이다.

이 상황에서 친구들이 차라리 흥분하며 내게 화를 냈다면 오히려 나았을 것이다. 하지만 모두가 한 마디도 하지 않고 그저 모욕적인 시선을 던지거나 나를 비웃든지 그저 침묵만 지키고 있을 뿐이었다.

「윌슨 군!」

방 주인인 프레스톤이 허리를 굽히고 그의 발밑에서 더할 나위 없이 화려한 모피 망토를 주워들며 말했다.

「윌슨 군! 자, 이거 자네 거야.」

날씨가 매우 추웠으므로 나는 내 방에서 나올 때 실내복 위에 망토를 걸치고 왔다가 이 방에 들어와서 벗어놓고 있었다. 그는 망토의 주름 사이를 들여다보며 쓴웃음을 지었다. 그리고 이렇게 말했다.

「이제 자네 수법을 알아내기 위해 더 이상 이런 곳까지 찾아볼 필요는 없겠지. 자네도 벌써 알고 있겠지만 자네는 옥스퍼드를 떠나야 할 거야. 적어도 당장 내 방에서 나가주기 바라네.」

아무리 내가 쥐구멍에라도 숨고 싶을 정도로 부끄러웠더라도 이 모욕적인 한 마디에는 즉시 폭력이라도 써서 분노를 터뜨렸어야 했는지도 모른다. 하지만 당시 나의 관심은 완전히 이 세상 일 같지 않은 한 사실에 쏠려 있었다. 내가 입고 온 망토는 매우 훌륭한 모피 망토였다. 그것이 얼마나 좋은 것이었고 입이 벌어질 만큼 비싼 것이었는지는 새삼 말하지 않겠다. 하지만 그것은 나의 독특하고 기발한 고안으로 특이하게 디자인된 것이었다.

나는 실로 바보스러울 정도로 까다롭게 멋을 부렸다. 따라서 프레스톤이 문 옆에서 주워 든 망토를 내게 건네주었을 때 나는 거의 공포에 가까운 경악을 느꼈던 것이다. 그 때 내 망토는 내가 이미 주워 내 팔에 걸치고 있었다. 그런데 그가 내민 망토가 정말로 어느 구석을 봐도 내 것과 완전히 똑같지 않은가. 그러고 보니 내 정체를 폭로한 그 기묘한 자도 분명 망토를 입고 있었다. 이 방안에 모인 사람 중 망토를 입은 사람은 그와 나 말고 한 사람도 없었다. 그 와중에도 아직 얼마간의 침착함이 내게 남아 있었는지 나는 프레스톤이 내민 망토를 아무 말 없이 받아 아무도 눈치 채지 못하도록 내 망토 위에 걸치고 오히려 의기양양하게 방에서 나왔다. 그리고 다음날 아침 날이 밝기도 전에 공포와 굴욕으로 저리도록 아픈 가슴을 안고 옥스퍼드를 떠나 대륙으로 총총히 여행을 떠났다.

　그것은 덧없는 도피행이었다. 짓궂은 운명은 마치 승리를 축하하듯 나를 몰아댔다. 사실 그 알 수 없는 지배력의 영향은 이제 겨우 시작되었을 뿐이었다. 파리에 도착하자마자 나는 증오스러운 윌슨이 또다시 내 행동에 관심을 보이고 있다는 새로운 증거를 잡

을 수 있었다. 그리고 그로부터 몇 년이 흐르는 동안 내 마음은 한순간도 편할 날이 없었다.

나쁜 녀석! 로마에서는 모처럼 내가 야심을 펼치려는 순간 마치 날벼락처럼 정말 생각지도 못했던 형태로 내 발목을 잡았다. 비엔나에서도, 베를린에서도, 모스크바에서도! 어디를 가든지 나는 진심으로 그를 저주하지 않고는 견디지 못할 정도로 심한 타격을 받았다. 마침내 나는 돌림병을 피해 달아나듯 그의 예측 불가능한 폭정으로부터 숨어다니고 있었다. 하지만 땅 끝까지 도망친들 어찌 그것이 덧없는 도피행이 아닐 수 있을까.

'도대체 녀석의 정체는 무엇이란 말인가? 어디에서 왔으며 목적은 무엇인가?

나는 몇 번이나 내 마음에 질문을 던졌는지 모른다. 하지만 답은 알 수 없었다. 이번에는 그의 무례하기 짝이 없는 감시 형식과 방법, 그리고 주요 특징 등을 하나하나 자세하게 음미해 봤다. 하지만 거기에도 특별히 억측의 근거가 될 만한 사실은 전혀 없었다. 단지 한 가지 알 수 있었던 것은 최근 그가 나를 방해했던 수많은 일들 중 그가 나타나 계획을 좌절시키거나 실행을 방해한 것은 만일 그것이 그대로 수행되었다면 무서운 악행으로 끝났을 경우에만 국한된다는 것이었다. 하지만 아무리 그렇다 해도 그 전횡에 가까운 권력에 대해 이게 무슨 비참한 명분이란 말인가!

또 하나 내가 알 수 있었던 것은 나의 박해자인 그가 나와 같은 복장을 한다는 기묘한 발상은 실로 세심하게, 그것도 기적에 가까운 치밀함으로 그 오랜 시간 동안 지켜오면서 몇 번이나 계속되는 방해 공작에도 불구하고 자신의 얼굴만은 무슨 일이 있어도 보여주지 않는다는 것이었다. 과연 윌슨이 어떤 인간인지는 모르겠지만 적어도 이 일에 있어서만은 그가 현학적인지 어리석은지 나는 알 수 없었다.

이튼에서는 내게 충고를 했고, 옥스퍼드에서는 내 명예를 땅에 떨어뜨렸으며, 로마에서는 내 야심을, 파리에서는 내 복수를, 나폴리에서는 내 격정적인 사랑을, 그리고 이집트에서는 내 탐욕이라 오해하여 이 모든 것을 번번이 방해했던 이 자! 이른바 내게 있어 악마, 악령이라고 할 수 있는 이 인물이 내 학창 시절의 윌리엄 윌슨인 것을, 나와 동명이인이며 친구이며 경쟁자였던, 아, 실로 브런즈비 학원에서 내가 두려워하고 증오했던 경쟁자 윌슨이라는 것을 내가 모르리라고 그는 생각했던 것일까?

말도 안 된다! 하지만 그보다 이제 어서 마지막 무대로 얘기를 옮겨야겠다.

지금까지 나는 이 고압적인 전제 군주에 대해 실로 비굴하게 무릎을 꿇어왔다. 윌슨의 고매한 성격, 놀라운 총명함, 마치 전지전능한 신으로 착각할 만한 그 존재에 대해 내가 항상 느껴온 것은 심오한 두려움만이 아니었다. 그의 불손함이나 여타 특징으로 인한 거의 공포에 가까운 감정과 더불어 나는 그 앞에서 열등감과 무력감을 어찌할 수 없었다. 따라서 그렇게 강한 반발을 느끼면서도 나는 그의 횡포에 대해 슬금슬금 복종할 수밖에 없었던 것이다. 하지만 이 즈음에 이르러 나는 완전히 술에 절어 살았으며 그런 생활이 예의 그 유전적 소질에 광기 어린 영향을 주어 더 이상 누군가에게 지시받는 것을 참지 못했다. 이제 겨우 불평불만을 중얼거리며 머뭇머뭇 반항할 수 있게 되었던 것이다. 그리고 내가 강하게 나가면 나갈수록 박해자는 한 발 물러선다는 생각이 든 것은 그저 내 착각이었을까? 그것은 아무래도 좋다. 어쨌든 나는 이제 겨우 불타는 희망의 힘을 느끼기 시작했으며 나아가 다시는 그런 녀석의 노예가 되지 않겠다는 굳은 결심, 굳은 결의를 남몰래 다졌던 것이다.

18XX년 사육제 기간의 로마에서 일어난 일이다. 나는 나폴리에 있는 디 블로리오 공작의 저택에서 열린 가장무도회에 참석했다. 여느 때보다 훨씬 많은 양의 술을 마신 탓

인지 사람들이 북적거리는 실내의 공기가 숨막히게 느껴졌다. 게다가 빽빽이 들어찬 사람들 틈을 가르며 큰 홀을 빠져나오는 것도 적잖이 내 화를 돋우었다. 왜냐하면 나는 늙은 디 블로리오 공작의 총애를 한 몸에 받고 있는 젊고 아름다운 공작부인을 열심히 찾고 있었기 때문이다. 내가 공작부인을 찾은 것은 어떤 야비한 동기가 있어서였지만 그 동기가 어떤 것인지는 묻지 말기 바란다. 마음 편하게 말하기에는 너무 점잖지 않을지 모르지만 공작부인은 그녀가 오늘 입을 의상에 대해 미리 내게 말해 준 상태였다. 그런 그녀의 모습이 보였기 때문에 나는 서둘러 그녀 곁으로 가려고 했던 것이다.

그때였다. 나는 문득 누군가가 내 어깨에 살짝 손을 얹는 것을 느꼈고 동시에 도저히 잊으려 해도 잊을 수 없는 낮은 저주의 속삭임을 들었던 것이다.

그 순간 나는 화가 치밀어올라 그대로 뒤를 돌아보며 나를 방해하는 자의 멱살을 움켜잡았다. 과연 내 예상대로 그는 나와 똑같은 의상을 입고 있었다. 파란 공단으로 만든 스페인식 망토를 걸치고 허리에 두른 진홍색 가죽띠에는 가는 칼이 꽂혀 있었다. 얼굴은 까만 공단 가면으로 완전히 가려져 있었다.

「제길!」

분노로 목소리가 갈라지며 나는 이렇게 소리쳤다. 게다가 내가 외친 한 마디 한 마디는 그대로 다시 새로운 분노를 불태우는 장작이 되었다.

「제길! 이 사기꾼아! 지옥에 떨어질 나쁜 놈아! 아무리 날 쫓아다녀봤자 누가 네 녀석 속셈대로 그 손에 죽을 줄 아느냐? 그럴 줄 아느냐고! 자, 따라 와! 안 그러면 이 자리에서 찔러 죽일 테다!」

나는 그대로 우격다짐으로 사람들 사이를 헤치며 그를 무도실 옆에 붙은 작은 휴게실로 끌고 갔다. 그리고 갑자기 그를 세게 밀쳤다. 그가 벽에 부딪쳐 비틀거리는 동안 나는 문을 잠그고 그에게 저주의 욕설을 퍼부으며 칼을 뽑으라고 소리를 질렀다. 그는 잠시 머뭇거리다가 곧 작은 한숨을 쉬고 묵묵히 칼을 뽑아 들고 자세를 취했다.

시합은 실로 간단했다. 나는 광기와 흥분으로 완전히 제정신이 아니었으므로 내 한쪽 팔에 천만대군의 힘을 느끼고 있었다. 나는 눈 깜짝할 사이에 맹렬한 기세로 그를 구석으로 몰아넣었고 그의 목숨이 내 손안에 있음을 확인하고는 난폭하고도 무참하게 그의 가슴을 몇 번이나 찔러댔다.

바로 그때 누군가 문의 열쇠를 따는 소리가 들렸다. 나는

황급히 그것을 제지하고 다시금 빈사의 상대 곁으로 돌아갔
다. 하지만 그때 내 눈앞에 펼쳐진 광경을
본 순간 나를 덮친 그 경악, 그 공포를 충분
히 표현할 수 있는 인간의 언어가 과연 존
재할까? 그저 잠시 한순간 눈을 돌리고 있
는 동안 방 한 구석이 완전히 바뀌어 있었
다. 방금 전까지 아무것도 없었던 그곳에 큰
거울이 하나 놓여 있었다. 극심한 낭패감 때문인지 그 순간
나는 분명 거울이 있다고 생각했다. 그리고 공포에 질려 거
울 앞으로 다가가자 거울 저편에서도 잿빛 얼굴에 피투성이
가 된 내 모습이 비틀거리며 다가왔다.

물론 그건 그저 그렇게 보였을 뿐이다. 사실은 그렇지 않
았다. 그는 틀림없이 내 숙적, 이제 단말마의 고통 속에 서
있는 윌슨이었다. 가면과 망토는 벗어 던진 그대로 바닥에
나뒹굴고 있었다. 그런데 그가 입은 옷의 실오라기 하나,
아니, 그 특이한 용모의 선 하나도 내 것이 아닌 게 없는 것
이다!

틀림없는 윌슨이었다. 하지만 그는 이제 더 이상 속삭이
듯 말하지 않았다. 그리고 내 자신이 말하고 있다는 착각이
들만큼 그는 확실하게 말했다.

「네가 이겼다. 나는 항복이다. 하지만 이제부터는 너도 죽은 것이다. 이 세상에 대해, 천국에 대해, 그리고 또 희망에 대해 죽은 것이다. 너는 내 안에서 살아온 것이다. 자, 나의 이 모습이 바로 다름 아닌 너 자신의 모습이다. 잘 봐라. 내 죽음에 의해 결국 네가 얼마나 완전히 자기 자신을 죽여버렸는가를.」

옮긴이 · 배원석

경북 예천 출생. 연세대 사회학과 졸업,
일간스포츠 기자를 거쳐 현재 B&W 대표.

포우 단편선

초판 1쇄 | 2003년 8월 12일
초판 7쇄 | 2009년 8월 17일
지은이 | 에드거 앨런 포우
옮긴이 | 배원석
펴낸이 | 김영재
펴낸곳 | 책만드는집

주소 | 서울 마포구 합정동 428-49 4층 (121-886)
전화 | 3142-1585 · 6
팩시밀리 | 336-8908
E-mail | chaekjip@chol.com
등록 | 1994. 1. 13. 제10-927호

ISBN 89 · 7944 · 171 · 1 (03840)